트로일러스와 크레시다

한국셰익스피어학회 작품총서 033

트로일러스와 크레시다
Troilus and Cressida

윌리엄 셰익스피어 지음
서동하 옮김

도서출판 **|동인**

발간사

지금까지 셰익스피어 작품에 대한 번역은 끊임없이 다양한 동기에 의해 진행되어 왔다. 초창기 셰익스피어 작품 번역은 일본어 번역을 우리말로 옮기는 작업이었다. 일본이 서구에 대한 수용을 활발한 번역을 통해서 시도하였기 때문에 일본어를 공부한 한국 학자들이 번역을 하는데 용이했던 까닭이었다. 하지만 이 경우는 문학적인 차원에서 서구 문학의 상징적 존재인 셰익스피어를 문학적으로 소개하는 것이 목적이어서 문어체를 바탕으로 문장의 내포된 의미를 부연하게 되어 매우 복잡하고 부자연스러운 번역이 주조를 이루었던 것이 문제가 되었다.

그 다음 세대로서 영어에 능숙한 학자들이나 번역가들이 셰익스피어 번역에 참여하게 되었다. 셰익스피어 작품에 대한 수많은 주(note)를 참조하여 문학적 이해와 해석을 곁들인 번역은 작품의 깊이를 파악하는데 많은 도움이 되었다고 볼 수 있다. 하지만 셰익스피어 작품을 무대에 올리는 배우들에게는 또 다른 문제가 생길 수밖에 없었다. 문학적 해석을 번역에 수용하는 문장은 구어체적인 생동감을 느낄 수 없었고, 호흡이 너무 길어 배우가 대사로 처리하기에 부적합하였다.

이런 문제점을 해결하기 위해서 번역가마다 각자 특별한 효과를 내도록 원서에서 느낄 수 있는 운율적 실험을 실시하기도 하였다. 그런 시도는 셰익스피어 번역에 새로운 분위기를 자아내었을 뿐 아니라 다양한 번역이 이루어져 나름의 의미가 있었다고 본다. 반면에 우리말을 영어식의 운율에 맞추는 식의 인위적 효과를 위해서 실험하는 것은 배우들이 대사 처리하기에 또 다른 부자연성을 느끼게 하였다.

한국에서 셰익스피어를 연구하는 학자들이 모이는 한국셰익스피어학회에서 셰익스피어 탄생 450주년을 기념하여 셰익스피어 전작에 대한 새로운 번역을 시도하기로 하였다. 우선 이번 번역은 셰익스피어 원서를 수준 높게 이해하는 학자들이 배우들의 무대 언어에 알맞은 번역을 한다는 점에서 차별성을 두고자 한다. 또한 신세대 학자들이 대거 참여하여 우리말을 현대적 감각에 맞게 구사하여 번역을 하자는 원칙을 정하였다.

시대가 바뀔 때마다 독자들의 언어가 달라지고 이에 부응하는 번역이 나와야 한다고 본다. 무대 위의 배우들과 현대 독자들의 언어감각에 맞는 번역이란 두 마리 토끼를 잡는 것은 그리 쉬운 일은 아니지만 매우 의미 있는 일일 것이다. 이번 한국 셰익스피어 학회가 공인하는 셰익스피어 전작 번역이 성공적으로 이루어지도록 뒷받침하는 도서출판 동인의 이성모 사장에게 심심한 감사의 뜻을 전하며 인문학의 부재의 시대에 새로운 인문학의 부활을 이루어내는 계기가 되리라 믿는다.

2014년 3월
한국셰익스피어학회 17대 회장 박정근

옮긴이의 글

역자가 처음으로 셰익스피어의 『트로일러스와 크레시다』(*Troilus and Cressida*)를 접하게 된 시점은 2002년 가을 실험극장에 의해 국내에서 초연된 작품을 통해서였다. 한국에서 잘 알려진 그의 비극이나 희극이 아닌, '역사극', '문제적 희극', '희극적 비극' 또는 '문제극'이라며 다소 생소하게 분류된 이 작품은 일반적으로 무겁고 어려워 대중적이지 않다는 편견을 깨고, 연출가 김성노를 통해 충분히 즐길 수 있는 작품으로 소개되었다. 그러면서도 그의 연출작은 계층의 갈등, 사랑의 배신, 가려진 진실, 허무한 명예, 탐욕, 상실된 영웅주의 등의 현대적인 주제를 잘 부각시켰던 것으로 기억한다. 그 후로 2006년 역자의 영국 유학시절 스트래트포드-어폰-에이본(Stratford-upon-Avon)에서 보게 된 피터 스테인(Peter Stein)의 『트로일러스와 크레시다』는 새로운 메시지를 전달해 주었다. 김성노의 반영웅적 연출과 달리, 로열 셰익스피어극단 무대 위 두 남녀 주인공이 두렵고 떨리는 마음으로 사랑을 나누는 장면에서 역자는 『로미오와 줄리엣』의 사랑의 서사시를 읽었고, 웅장한 무대 위에서 화려하고 박진감 넘치는 아킬레스와 헥토르의 결투장면에서 전설적인 트로이 전쟁을 스펙터클하게 다룬 대서사시로 보았다. 어느 것이 더 훌륭하고 멋진 연출이었다고 평하기보다는 이렇듯 상반되면서도 다양한 색깔을 낼 수 있는 과장성을 지닌 『트로일러스와 크레시다』의 매력을 발견하는 순간이었다.

한편 또 다른 이유에서 역자는 『트로일러스와 크레시다』에 매료되었는데, 평소 '셰익스피어와 전쟁'과 '군대 속 여성'이란 주제로 몇 해에 걸쳐 연구를 하면서, 『트로일러스와 크레시다』가 『오셀로』(Othello)와 비슷한 시기에 쓰였을 뿐만 아니라, 군대라는 남성중심의 군대문화가 지배하는 풍토에서 여성이 남성이 규정한 명예와 성역할에서 한 발짝이라도 떨어져 자신의 목소리를 낼 수 없는 환경을 다룬다는 점에서 이 작품에 특별한 관심을 두었다. 데스데모나에게 건네진 오셀로의 손수건이 질투를 유발시키는 중요한 도구로 사용된 것처럼 『트로일러스와 크레시다』의 크레시다는 트로일러스의 손소매가 질투심으로 둘 사이의 파국을 만들어낸다는 점에서 비교가 될 수도 있다. 그러면서도 사랑에 빠진 베니스의 장군 오셀로처럼 트로이의 전사 트로일러스의 운명은 불멸의 가치를 위해 죽음을 하찮게 여기는 극단적인 군대문화 안에서 신념과 열정이 변질되었을 때 군인들이 느낄 패배와 절망감, 폭력적으로 끝나는 사랑이란 어떤 것인가란 관점에서 이 작품을 읽는다면, 전쟁과 사랑 속 인간의 모습에 대한 셰익스피어의 문제의식이 어떤 것인지 추적할 수 있게 된다.

끝으로 많은 번역본이 존재하는 다른 셰익스피어 작품들과 달리 현재까지 『트로일러스와 크레시다』의 번역은 작품을 제대로 해석하고 정확한 의미 전달을 위해 의역이 강조된 김재남의 번역과 의역을 피해 원전에 충실한 번역이면서도 언어 리듬감을 충분히 살린 신정옥의 번역만 존재한다. 역자는 셰익스피어 학회의 전작번역사업의 기획의도인 공연본 번역이라는 의도를 충실히 살리고자 셰익스피어의 약강 5음보를 우리나라 고유의 운율을 살린 3·4

조나 4·4조, 7·5조의 구어체를 최대로 사용하여 시적 울림이 있도록 바꾸고자 하였으나, 기대에 충분히 미치지 못함을 밝혀두고자 한다. 셰익스피어 탄생 450주년을 기념하여 시작한 번역작업이 서거 400주년을 기념하는 해에 되어서야 마치게 되었음을 그저 다행스럽게 여긴다. 아무쪼록 한국셰익스피어학회가 시도한 이 번역기획이 대중들의 셰익스피어에 대한 이해의 폭을 확대하는 데 기여하기를 희망한다.

2016년 11월 서동하

| 차례 |

등장인물

프롤로그

[트로이 진영]

프라이엄	트로이의 국왕
헥토르	
데이포버스	
헬레너스 (사제)	
패리스	프라이엄의 아들
트로일러스	
마가렐론 (서자)	
카산드라	프라이엄의 딸이며 예언자
아드로마케	헥토르의 부인
아에네아스	
안테노	트로이의 장군
판다러스	트로이의 귀족
크레시다	판다러스의 조카
칼카스	그리스 진영에 투항한 크레시다의 아버지
헬렌	패리스와 동거하는 메넬라우스의 부인
알렉산더	크레시다의 시녀
트로일러스의 하인들	
악사들	
트로이 병사들	

[그리스 진영]

아가멤논	그리스 원정군 총사령관
메넬라우스	아가멤논의 동생이며 헬렌의 남편
네스터	
율리시즈	
아킬레스	
파트로클러스 (아킬레스의 친구)	그리스의 장군
디오메데스	
에이잭스	
서사이테스	
아킬레스의 수하들	
디오메데스의 하인들	
그리스 병사들	
장소	트로이 왕국

프롤로그

프롤로그 (갑옷차림으로 입장) 우리 연극은 트로이에서 펼쳐집니다. 그리스의
여러 섬의 분노한 제왕들은 무자비한
전쟁을 위해 병사와 무기를 가득 싣고
그들의 배를 아테네 항구로 보냈습니다.
왕관을 쓴 자만 69명이,
욕정의 패리스가 납치한 메넬라우스의 왕비
헬렌을 품고 있는 요새와 같은 트로이를 쓸어버리겠다고
맹세하며, 아테네 만으로부터 프리지아로
향했던 거죠. 전쟁은 이렇게
10　시작된 것이죠.
막 토네도스에 도착한
위대한 그리스 함대는 실어 온
전쟁 물자를 내리고, 아직 전투를 치르지 않아
상처 하나 없이 쌩쌩한 그리스 병사들이
트로이 평원에 군영을 세우자, 프라이엄의 트로이는
다단, 팀브리아, 헬리아스, 케타스, 트로이엔,
안티토리데스의 여섯 성문을 커다란 걸쇠와
이에 맞은 빗장을 걸어
트로이의 아들들을 지켜냅니다.
20　승리에 대한 기대로 그리스와 트로이

들떠 있는 양쪽 진영의 젊은 영혼들은

이번 싸움에 모두를 걸었습니다.

이해심 많은 관객 여러분,

제가 이렇게 갑옷차림으로 나와 드리고자 하는 말씀은

작가의 펜이나 배우의 목소리가 자신이 없어서가 아니라,

우리 연극이 전투의 시작을 훌쩍 뛰어넘어 중간부터

시작하기에, 설명을 드리고자 할 따름입니다.

자, 이것이 입맛에 맞을지 아닐는지는

여러분에게 달려 있습니다.

연극의 성패(成敗)는 전쟁의 승패(勝敗) 마냥   30

운에 맡길 수밖에 없네요.

퇴장.

1막

1장

트로이. 프라이엄의 궁전 앞

무장한 트로일러스와 판다러스 등장.

트로일러스 하인을 불러, 다시 갑옷을 벗어야겠어.

왜 트로이 성 밖으로 나가 싸우겠어,

내 맘속에 이렇게 치열한 싸움이 벌어지고 있는데.

자기 마음을 다스릴 줄 아는 자나

나가서 싸우라 해. 불쌍한 난 그럴 마음이 없어.

판다러스 상황이 바뀌지 않을까요?

트로일러스 그리스군은 강하고 실력도 대단해,

실력만큼이나 사납고, 사나움만큼이나 용감하다던데,

난 여인의 눈물보다 약하고,

10   잠보다 온순하지, 무지보다 어리석고

밤 길 어린 계집보다 겁이 많고,

어린 아이만큼이나 솜씨도 변변치 않으니.

판다러스 자, 충분히 말씀드렸으니, 전

더 이상 왈가왈부하지 않겠습니다. 빵을 먹고 싶은

양반이 밀가루를 빻는 맷돌질을 기다려야죠.

트로일러스 내가 안 기다렸어?

판다러스 물론, 빻을 때까지 말고요, 체로 치는 것까지
기다리셔야죠.

트로일러스 내가 안 기다렸냐고?

판다러스 물론, 체질까지 만요, 근데 발효할 때까지 기다리셔야죠. 20

트로일러스 지금도 기다리고 있는 거야.

판다러스 그럼요, 발효될 때까지요, 근데 이게 전부가 아닙죠,
'이제' 반죽하고, 빵 모양으로 빚고,
화덕을 데우고 구워야죠. 아니, 또 식을 때까지
기다리셔야죠, 아니면 입술을 데게 되니까요.

트로일러스 인내의 여신이 어떤 신이든 간에
나보단 참느라 고통스럽진 않을 거야.
프라이엄 부왕의 식탁에서도
아름다운 크레시다가 마음속에 떠올라― 30
아, 사랑의 반역자, 그 아이가 없는데도 있는 것 같다니까.

판다러스 참, 그 아이는 지난밤에 어느 때보다도,
아니 다른 어떤 여자들보다도 아름다웠죠.

트로일러스 나도 말하려던 참이야―내 가슴이
탄식으로 갈라져 두 쪽 날 것 같은 때도,
헥토르와 아버지가 눈치 채지 못하도록,
마치 태양이 태풍을 빛으로 가리듯,
이놈의 탄식을 미소의 주름 밑에 묻었지.
허나 거짓 기쁨 속에 감춰진 슬픔은,
운명에 의해 별안간 슬픔으로 변한 웃음 같지 뭐야. 40

판다러스 그 아이 머리칼이 헬렌 것보다 좀 더 진한 것 빼고는 —
실은 충분히 진하죠 — 둘 사이에 비교할 게 없죠.
내가 그 애와 친척지간이니 말씀드리죠. 세상사람 말마따나
그 애를 칭찬하진 않으렵니다. 어제 누군가는 저처럼 그 애의 말을
들었으면 좋았죠. 왕자님 누이 카산드라 공주님의 재치를 폄하하는
것은 아니지만요 —

트로일러스 오, 판다러스! 내 말 들어봐, 판다러스, —
내 모든 희망이 침몰하고 있다 말하는데,
그게 어느 깊이까지 가라앉았냐는 말은 하지 마.

50 크레시다에 대한 사랑 때문에 미쳐간다는데,
한다는 말이 "그 애는 아름답죠,"
눈빛, 머릿결, 걸음걸이, 목소리까지 그렇다며
상처 난 내 가슴을 쑤셔대니.
아, 정녕 그 아이의 손은
세상의 모든 새하얀 것을 검게 보이게 하고,
가벼운 접촉으로도 새끼 백조의 솜털을
거칠게 하고, 세상에서 가장 부드러운
물건도 농사꾼의 딱딱한
손바닥처럼 만들어 버리지.

60 내 사랑 고백에 대한 자네의 말엔 진실이 담겨 있지만,
그 말이 달콤한 치료약이 되기는커녕
사랑의 칼로 상처를 휘젓기만 한다고.

판다러스 전 사실 그대로만 말씀드린 것뿐입니다.

트로일러스 사실의 반도 말하지 않았잖아.

판다러스 좋습니다, 더 이상 나서지 않겠습니다. 좋을 대로 하시죠.
그 애가 예쁘다면 그보다 좋을 게 없고, 그렇지 않더라도,
지가 알아서 꾸미면 될 테니까요.

트로일러스 판다러스, 무슨 소리를 해, 판다러스.

판다러스 제가 헛수고만 했군요. 그 애도 나를 나쁘게 보고,
왕자께서도 그러니. 둘 사이를 오갔건만,   70
돌아오는 게 고작 이런 것이라니.

트로일러스 아니, 화났어? 판다러스 나한테?

판다러스 제가 그 애 친척이니 헬렌만큼 아름답다고
말할 수는 없죠. 만약 제 친척이 아니었다면, 그 애 평소 모습이
주말에 꽃단장한 헬렌보다도 예쁘다고 말씀드렸겠죠. 근데 그게
뭔 상관입니까?
그 아이가 검은 무어인이라도 전 상관없습니다. 매한가지죠, 제겐.

트로일러스 내가 언제 아니라고 했어?

판다러스 왕자께서 그러셨든 아니든 전 상관없네요. 개도 어리석기만 하지
아비를 따라가지 않다니. 그리스 진영으로 가라고,
다음에 만나면 말해 줄 겁니다. 전 이제 간섭하지도   80
끼어들지도 않을 겁니다.

트로일러스 판다러스―

판다러스 그만하세요.

트로일러스 성격 좋은 판다러스―

판다러스 제발 그만하세요. 여기서 이젠 그만두겠습니다.

여기까지가 끝입니다.

판다러스 퇴장. 나팔 소리.

트로일러스 듣기 싫어, 이 끔찍한 소음! 닥쳐라, 이 천박한 소리야!

양쪽 모두 어리석어. 헬렌이 예뻐 보일 수밖에 없잖아.

매일 그렇게 피로 얼굴을 꾸며주니,

90   난 이런 싸움에 끼지 않겠어.

내 칼을 쓰기엔 어울리지 않아.

이봐, 판다러스ー 오 신이여, 너무 괴롭습니다!

저 늙은이를 통하지 않고선 크레시다에게 다가설 수 없고,

또 다른 사내 구애를 모두 뿌리친 쌀쌀한 그녀에게

나 대신 사랑을 전해달라며 그 늙은이를 설득하기도 쉽지 않으니.

다프네를 사랑한 아폴로여, 들려주소서.

크레시다는 뭐고, 판다러스는, 그리고 내 처지는?

크레시다의 침실은 인도, 그녀는 그 위에 누운 진주,

여기 트로이와 그녀의 침실 사이에

100   거칠고 큰 바다가 있는 거야.

난 상인이고, 판다러스는

불안한 희망과, 나를 보호해 이 바다를 건네줄 자이지.

나팔 소리. 아에네아스 등장.

아에네아스 아니, 트로일러스 왕자님! 왜 출전치 않으십니까?

트로일러스 난 거기에 어울리지 않아. 계집애 변명처럼 들리겠지,

출전하지 않은 이는 계집들뿐이니.

오늘 무슨 소식이라도, 아에네아스?

아에네아스 패리스가 돌아왔습니다, 부상을 입고.

트로일러스 누구한테서, 아에네아스?

아에네아스 트로일러스, 메넬라우스 손에요.

트로일러스 피 좀 흘리라죠. 그래도 싸죠.

바람난 아내를 둔 메넬라우스 뿔에 친 것이니.   110

나팔 소리.

아에네아스 들리세요? 성문밖에 무슨 좋은 일이라도 있나 봅니다!

트로일러스 집에 있고 싶은데, 할 수만 있으면.

허나 밖에서 재미 좀 볼까요? 같이 가시죠.

아에네아스 서둘러 갑시다.

트로일러스 자, 그럼 함께 가요.

퇴장.

2장

트로이의 거리

크레시다와 알렉산더 등장.

크레시다 저기 지나가는 분들이 누구지?

알렉산더 헤큐바 여왕님과 헬렌이네요.

크레시다 어디로 가는 걸까?

알렉산더 동쪽 탑일 테죠.

거긴 계곡 전체를 조망할 수 있으니까요,

싸움을 지켜보려 할 겁니다. 화를 모르시는 헥토르께서

오늘은 역정을 내셨죠.

안드로마케 님을 꾸중하시고 하인도 타박하셨죠,

그리고는, 전쟁터에 끝마쳐야 할 일이 있는 것처럼

해도 뜨기도 전에 갑옷을 챙겨 입고,

전장으로 나가셨죠. 거긴 핀 꽃들은

10   헥토르 님의 분노가 가져올 일들을 예견이나 했는지

슬피 울었답니다.

크레시다 뭣 때문에 화가 나셨을까?

알렉산더 소문이 돌았는데, 그게. 그리스 진영에

트로이 피가 섞인 자가 있답니다. 헥토르의 조카로

에이잭스라 불린다더군요.

크레시다   그래, 근데 뭐가 문제인데?

알렉산더 사람들이 특별한 자로 홀로 서기를 할 줄 아는 자라 그러더군요.

크레시다 누구나 그렇지 않나? 취하거나 병들고 다리가 없는 자 아니라면.

알렉산더 아가씨, 그자는 많은 동물적 특성을 지녔다고 할까요,

사자처럼 용감하고, 곰처럼 포악하며, 코끼리처럼   20

육중한데, 그 성품에 여러 기질을 담아

용기가 무모함이 되는, 무모함에 분별력이 가미된 셈이죠.

그자가 갖지 못한 미덕이란 게 하나도 없는데,

갖지 못한 결점도 하나도 없다는 거죠.

이유 없이 우울해 하고, 그럼 안 되는 자리에서

기뻐 날 뛰는 셈이죠.

모든 장점을 다 지녔지만, 그것들이 제멋대로 놀아

브라이에어리어스[1]처럼 손은 많은데 통풍을 앓아도 쓰지도 못하거나,

눈이 100개 달린 아르고스[2]라도 앞도 못 보는 거죠.

크레시다 날 웃기게 만드는 자가 어떻게 헥토르 님을   30

화나게 만들었다는 거죠?

알렉산더 들리는 얘기에는 어제 전투에서 그자와 헥토르가 싸움을 했고,

그자가 헥토르 님을 때려 눕혔다는군요. 헥토르 님이 자존심이 상해

식사도 안 하고 잠도 안 주무신다는군요.

크레시다 누가 오시나봐?

---

1. 브라이에어리어스(Briareus): 그리스신화에 나오는 100개의 팔을 가진 거인.
2. 아르고스(Argus): 그리스신화에 나오는 100개의 눈을 가진 거인.

알렉산더 아가씨, 판다러스 숙부님이십니다.

판다러스 등장.

크레시다 헥토르 님은 용감한 분이세요.

알렉산더 세상 사람들만큼 용감하시죠, 아가씨.

판다러스 뭐야, 무슨 이야기야?

40 **크레시다** 안녕하세요, 숙부.

판다러스 반갑구나, 크레시다. 무슨 얘기 중이었니?

반갑네, 알렉산더. 어떻게 지냈니. 조카야?

트로이엔 언제 다녀왔니?

크레시다 오늘 아침에요.

판다러스 방금 무슨 얘기 중이었니? 네가 트로이에 갔을 때 헥토르 님이

이미 무장을 하고 나가셨더냐?

헬렌 님은 주무셨고, 그렇지?

크레시다 헥토르 님은 출전하셨는데, 헬렌 님은 나오지 않으셨죠.

판다러스 알겠다, 헥토르 님께서 잠을 못 주무셨군.

50 **크레시다** 지금 그 얘길 하던 중이었죠. 또 그분께서 화가 나신 것도요.

판다러스 그분께서 화가 나?

크레시다 알렉산더가 그러네요.

판다러스 그래, 화가 나셨지. 나도 까닭을 알지.

오늘 뭔가 일을 저지르실 거야.

그리스 놈들 조심해야. 트로일러스도 가만히 있지 않으실 거고.

그 치들이 트로일러스를 조심해야 할 게다.

크레시다 아니, 그분도 화가 나셨어요?

판다러스 누구, 트로일러스 말이냐? 헥토르 님보다야 트로일러스가 더 하지.

크레시다 맙소사. 비교가 되요? (60)

판다러스 뭐, 두 사람이 비교가 안 된다고? 네가 사람을 볼 줄 아는 눈이 없구나.

크레시다 아뇨, 단번에 알아볼 만큼 안목이 있어요.

판다러스 어쨌든, 누가 트로일러스를 대신할 수 있겠니.

크레시다 제가 하려는 말이랑 같은 말을 하시네요. 그분이 헥토르가 아니니까요.

판다러스 아니, 내 말은 헥토르 님이 트로일러스와 같아질 수 없단 뜻이다.

크레시다 당연하죠. 그분은 그분이니까요.

판다러스 그분? 아이고, 불쌍한 트로일러스! 이런 취급을 받다니.

크레시다 그분도 뭔가 있겠죠. (70)

판다러스 내가 맨발로 인도로 순례라도 가야 트로일러스를 인정하겠다는 식이구나.

크레시다 그분이 헥토르 님은 아니니까요.

판다러스 뭔가 있을 거라니. 아니 그렇지 않아. 그분은 훨씬 대단한 분이야. 아, 신들은 아실 테지. 시간이 지나면 밝혀질 테고.

아, 트로일러스 아. 내 속마음을 이 아이 몸속에 온전히 전해줄 수만 있다면. 아니, 헥토르 님은 트로일러스보다 나은 게 없다니까.

크레시다 제 생각은 달라요.

판다러스 헥토르 님은 나이도 많지.

크레시다 동의할 수 없어요, 그런 말엔.

80 **판다러스** 트로일러스는 한창 젊은 나이가 아닌가. 그분이 헥토르 님의 나이가 되면

네 맘도 바뀔 게다. 지금 헥토르 님은 트로일러스의 지혜를 따라 가시지도 못하시잖아.

크레시다 따라 갈 필요는 없죠, 이미 그분의 지혜가 있는데.

판다러스 재능도 부족하시잖아.

크레시다 그게 뭔 상관인가요.

판다러스 외모도 떨어지잖아.

크레시다 외모는 중요하지 않아요. 헥토르 님은 지금 모습이 더 잘 어울리니.

판다러스 네 안목이 형편없구나, 아가야. 일전에 헬렌이 장담했지.

트로일러스는 다른 이들처럼 얼굴이 갈색이긴 하지, (방백: 그건 사

90 실이고) 그래도 갈색 피부는 아니라고.

크레시다 아뇨, 갈색이 맞죠.

판다러스 맹세컨대, 갈색이긴 하나 갈색은 아니지.

크레시다 사실은 말한다면, 그게 사실인데 사실은 아니다.

판다러스 헬렌은 트로일러스 얼굴색이 패리스보다 진하다고 한 뜻이지.

크레시다 아니, 패리스 님도 그런 얼굴색이잖아요.

판다러스 그야 그렇지.

크레시다 그럼, 트로일러스 님 얼굴이 더 진한 갈색인 거고.

헬렌 님이 트로일러스 님이 패리스 님보다 진해서 낫다고

칭찬하신 거면, 그분 얼굴색이 더 빨갛다는 게

아닌가요? 그럼 칭찬이 아니네요. 그건 마치 헬렌이 지닌 ¹⁰⁰ 황금빛 혀로 구리빛깔 코를 칭찬하는 꼴이니까요.

판다러스 분명한 건, 헬렌이 그를 패리스보다 더 좋아하신다는 거지.

크레시다 변덕스런 그리스인 취향이군요.

판다러스 아니지. 진심으로 그러신 거야. 헬렌은 출창(出窓)³을 통해
트로일러스를 만나러 오셨지. 너도 알겠지만
트로일러스는 턱에 수염이 서너 올밖에 없는데도.

크레시다 그럼 술집 급사가 손가락으로 수염을 셈하는
게 어렵지 않았겠네요.

판다러스 그거야, 그분이 아직 어리다는 거지. 허나 삼 파운드 정도 무게는 ¹¹⁰
헥토르 님 못지않게 거뜬히 들어 올릴 수 있지.

크레시다 어리지만 훔치는 건 능숙하시다?

판다러스 아무튼 헬렌이 트로일러스를 좋아한다는 뜻이다. 그녀가 다가
서선 흰 손을 트로일러스의 쪼개진 턱에 갖다 대고는.

크레시다 이런 맙소사, 턱이 쪼개졌다고요?

판다러스 아니, 턱 보조개 말이야. 내 생각엔 이 프리지아의 사내들 중에서
그런 미소는 없을 거야.

크레시다 오, 사내다운 미소를 지니셨다!

판다러스 아닐 것 같으냐?

크레시다 아뇨, 먹구름 뒤 해님이 미소 짓는 것처럼 멋지겠죠. ¹²⁰

판다러스 대체, 뭐가 문제냐. 헬렌이 트로일러스를 좋아한다는
증거로.

---

3. 출창(出窓): 벽보다 앞으로 내밀게 만든 창.

크레시다 트로일러스가 기뻐 받겠어요, 증거를 대실 수 있으시면.

판다러스 트로일러스가! 아니지. 그분은 헬렌 님은 거들떠보지도 않아, 내가 썩은 달걀 대하듯.

크레시다 썩어 텅 빈 달걀을 좋아하신다면, 머리가 텅 빈 머저리 같은 짓이죠, 막 태어나 껍질도 깨지 않은 병아리를 먹겠다며.

판다러스 헬렌이 그분 턱을 간지럽혔던 것을 생각하니 웃음이 나오네. 굉장히 하얀 헬렌 님께서 그 손으로 그랬으니 말이야.

130   인정해야지 암.

크레시다 고문도 없이 자백하시네요.

판다러스 글쎄 트로일러스 턱에 난 흰 수염 한 올을 봤다는 거야. 아이고 불쌍한 턱!

크레시다 사마귀에 난 털도 그보단 많을 텐데.

판다러스 그래 모두들 한바탕 웃었지. 헤큐바 왕비님은 너무 웃어 눈물까지 보이셨지 뭐니.

크레시다 진짜로 그리하셨을 라고요?

판다러스 카산드라도 웃었다니까.

크레시다 눈물샘이 쉽게 끓어오르는 분도 아닌데.

140   카산드라도 웃다 눈물을 흘렸다고요?

판다러스 헥토르 님도 웃어댔지.

크레시다 뭐가 그리 우스운 건데요?

판다러스 헬렌이 찾아낸 흰 수염 말이다. 안 그러니?

크레시다 초록 수염이라면 웃었겠죠.

저도요.

판다러스 실은 수염보다 트로일러스의 재치 있는 대답이
더 우스웠지.

크레시다 대답이 뭐였죠?

판다러스 헬렌이 "당신 턱에 수염이 쉰 두 개밖에 없는데, 150
그중 하나가 흰 색이네요."라고 말했지.

크레시다 그건 헬렌이 말한 거잖아요.

판다러스 그렇지. 트로일러스도 "틀림없이 쉰 두 개지"라 하고는
"흰 수염이 아버지라면, 나머진 다 아들이지."라 하지 뭐냐.
이 말에 헬렌이 "그중 어떤 게 내 남편인 패리스죠?"라고 하자,
"끝이 갈라져 뿔난 것 같은 놈이니, 뽑아서 서방에게 가져다
드리세요."라고 했지. 모두의 박장대소(拍掌大笑)에 헬렌은 얼굴
을 붉히고,
패리스는 뚜껑이 열렸지 뭐냐. 주변 사람들이 얼마나 웃었는지는
내 다 말 못하겠다.

크레시다 그쯤하세요. 오래 이야기하셨어요, 160
너무.

판다러스 알았다. 어제 한 얘기 잊지 않았지, 그치?

크레시다 네, 그럼요.

판다러스 장담컨대, 그분은 널 위해 눈물을 흘리실 게다,
4월에 소나기 내리듯 말이다.

크레시다 그럼 전, 그 눈물 속에서 자라겠죠,
5월의 쐐기풀처럼요.

퇴각을 알리는 나팔 소리.

판다러스 들었니? 전장에서 그분들이 돌아오는 게다. 여기 서서 성으로
들어오는 용사들을 구경하자꾸나. 애야, 그리하자.
어떠니?

크레시다 네, 그래요.

판다러스 여기, 여기, 여기가 명당이다. 훤히 잘 보이는구나.
네게 지나가는 사람들마다 이름을 알려주마.
허나 다른 이들보다는 트로일러스를 잘 봐야 한다.

크레시다 큰 소리로 말씀하지 마세요.

아에네아스, 무대 위를 가로질러 지나간다.

판다러스 저분이 아에네아스. 대단해 보이지 않니? 트로이 자랑 중의
한 분이지. 내 장담하지. 허나 트로일러스를 눈여겨봐야 한다. 곧
나타날 게다.

안테노 지나간다.

크레시다 누구세요 저분은?

판다러스 저분은 안테노란다. 영민한 분이지. 장담컨대,
인품도 있으시지. 트로이에서 그의 판단력에
견줄 만한 자가 없지. 외모도 한몫하고.
트로일러스는 왜 안 나오나? 곧 소개해주마.
나를 보면, 날 향해 고개를 끄덕일 테니.

크레시다 고개를 끄덕여요?[4]

판다러스 두고 보면 안다.

크레시다 그분이 끄덕이면, 지금보다 더 우스워지실 텐데요.

헥토르 지나간다.

판다러스 저분이 헥토르 님이시다. 저, 저, 저기, 보이냐? 저분
말이다. 힘내시오! 헥토르! 얼마나 멋있냐, 얘야.   190
저 표정 좀 봐라. 저 용모도, 대단하지 않니?

크레시다 네, 대단한 분이시네요.

판다러스 그게 전부냐? 저분을 보면 사내가슴이 벅차게 된단다. 저 투구 위
부서진 것을 보렴. 저기 말이다, 안 보이냐? 저기 말이다.
분명히 대단한 싸움이었을 게다. 육중한 무기에 두드려 맞은 게
맞아.
틀림없이, 소문대로. 저 상처들 좀 보라니까.

크레시다 검에 베인 상처일까요?

판다러스 검이라고! 뭐든 상관없다, 그분은 개의치 않으시니까. 악마가
달려든대도 달라질 게 없다. 신이시여, 정말이지, 저 모습에 가   200
슴이 벅차구나. 저기, 패리스 님이시다. 저기, 패리스 님이 오
신다.

패리스 지나간다.

---

4. 고개를 끄덕이는 행위는 바보로 여긴다는 몸짓이다.

저길 좀 보려무나. 얘야. 역시 늠름하시구나, 그렇지 않니? 도대체
어떤 놈이 오늘 부상을 입고 돌아오셨다고 떠든 거야?
멀쩡하시잖아! 이걸 보시면 헬렌이 아주 기뻐하시겠군.
이젠 트로일로스가 나타나야 하는데.
곧 나타날 게다.

헬레너스 지나간다.

크레시다 누구시죠, 저분은?

판다러스 헬레너스구나. 트로일러스는 도대체 어디서 헤매고 있나. 저기
가 헬레너스지.

   ―오늘 전투에 나가진 않은 게로군―저분이 헬레너스인데.

210 **크레시다** 헬레너스라는 분은 싸울 줄 아시나요?

판다러스 헬레너스? 아니지! 아니, 그래도 어지간히 붙을 수는 있을 게다.
도대체 어디있는거야. 이 소리, 사람들이 "트로일러스"를
외치는 소리가 들리니? 헬레너스는 그저 사제(司祭)나 다름없지.

크레시다 저기 기어오는 자들은 누굴까요?

트로일러스 지나간다.

판다러스 어디, 저쪽 말이냐? 저기는 데이포버스다. 여기 트로일러스다.
바로 이분이다, 얘야. 어험! 용맹한 트로일러스, 기사도의
화신!

크레시다 어머나, 조용히 좀 하세요.

판다러스 잘 봐라. 눈여겨보라니까. 아, 용맹한 트로일러스! 찬찬히

보거라, 얘야. 저 피로 얼룩진 검을 좀 봐라. 투구는 헥토르 님 220

것보다 더 엉망이 됐구나. 저 걷는 모양은. 얼마나 멋진 청년이야,

아직 스물 셋도 안 됐는데. 장하다, 트로일러스, 장하다.

내게 여신같은 누이나 딸이 있었으면, 바로 짝으로 택했을 텐데.

멋진 사내가 아닌가, 패리스는?

저분의 외모에 패리스는 '새 발의 피'지.

장담컨대 헬렌이 저 둘을 바꾸려 한쪽 눈을 팔기라도 할 게다.

병사들 지나간다.

크레시다 여기 더 많이 오네요.

판다러스 바보, 머저리, 얼뜨기들뿐! 포탄의 제물이 될 하찮은 놈들!

식후에 나오는 죽 같은 것들이다! 허나 난 살아도 죽어도 트로일러스 230

곁에만 있겠다. 저런 것들을 보려 애쓰지 마라. 독수리들은 지나갔고,

뒤따르는 건 까마귀나 갈까마귀들일 뿐이니. 난 아가멤논이나

그리스 전체를 다스리기보단 차라리 트로일러스 같은 남자가 되겠다.

크레시다 그리스엔 트로일러스보다 더 나은

아킬레스가 있잖아요.

판다러스 아킬레스? 그자는 마차꾼에다 하찮은 자일 뿐, 금수(禽獸) 같은

자야.

크레시다 그래요?

판다러스 그렇다니까! 넌 분별력도 없니? 눈에 보이는 게 없어?

사내 볼 줄도 모르니? 출생, 외모, 몸매, 말솜씨,

240 남자다움, 학문, 매너, 점잖음, 인덕, 젊음,

아량 이런 것들이 사내의 풍미를 일으키는 양념이나

소금이라도 된다는 게냐?

크레시다 네, 붕어빵에 붕어 없듯이, 알맹이 없는 사내죠. 아니면

더 이상 남자구실 못하는 사내정도죠.

판다러스 너란 앤 참. 누가 너처럼 대찬 여잘 차지할 수 있겠냐?

크레시다 뭇 사내 배랑 맞대지 않도록 등을 보이고, 내 눈속임이 들키지

않도록 지혜를 써야죠. 침실에 아무도 얼씬 못하게 해 순결을 지키고,

미모를 가리려면 가면도 써야죠. 숙부님을 방패삼아 이 모든 것을

250 지키겠어요. 내 주변에 모든 것을 방패로 삼아 천일 밤이라도

제 자신을 지켜낼 거예요.

판다러스 뭐 널 지킬 묘책이라도 있냐?

크레시다 아뇨, 단지 숙부님을 잘 살펴야겠죠. 가장 중요한

일이니까요. 남자들이 절 범하는 것을 막지 못하면,

제 배가 불러와 남들 눈에 띄게 되기 전까지

숙부님이 떠벌리지 않도록 말이에요.

판다러스 네 입도 만만치는 않구나.

트로일러스의 소년 하인 등장.

소년 나리, 주인께서 지금 즉시 말씀을 나누고자 하십니다.

판다러스 어디 계시냐?

260 **소년** 나리 댁에서 갑옷을 벗고 계십니다.

판다러스 수고했다. 곧 간다고 전해라.

소년 퇴장.

혹시 부상을 입은 건 아닐는지. 잘 있어라, 얘야.

크레시다 안녕히 가세요, 숙부님.

판다러스 조만간에, 얘야, 다시 볼 게다.

크레시다 무슨 일로요, 숙부님?

판다러스 트로일러스가 보내는 사랑의 정표(情表)를 전하러.

크레시다 그런 정표를 가져오시면 포주나 다름없잖아요.

판다러스 퇴장.

말, 맹세, 선물, 눈물, 이 모든 게 연인이 제물 아닌가.

왜 숙부님께서 대신 전하려 하시는가.

그래도 내 생각엔 우리 트로일러스 님은 숙부가   270

전하는 칭찬보다 천 배는 더 낫지 않은가. 관심 없는 척 해야지.

사내란 여자가 넘어가기 전까진 천사로 대접하다가

일단 넘어가면 잡은 물고기 취급해 밥도 안주니까.

이런 걸 모르는 여잔 바보라니까.

사내는 잡힌 물고기는 거들떠보지도 않으니까,

욕정 때문에 좋다고 달려드는 남자가 있으니,

이때야말로 사랑의 달콤함을 맘껏 누려야지.

그러니 사랑의 정석이 알려주는 가르침을 명심하자.

"얻고 나면 열정이 식으니, 주기 전까지 죽어라 매달리게 해라."

비록 내 맘이 그에 대한 사랑으로 가득하나,   280

내 눈에서 아무것도 읽지 못 하게 하자.

크레시다와 알렉산더 퇴장.

3장

그리스 진영. 아가멤논의 군막 앞

팡파레. 아가멤논, 네스터, 율리시스, 디오메데스, 메넬라우스,
그밖에 인물 등장.

아가멤논 여러분, 무슨 근심 때문에 얼굴이 누렇게
뜬 게요?
희망으로 가득 차 시작한
이 거창한 약속이 기대를
채워주지 못했기 때문이겠지.
교착과 재앙이 우리 원대한 계획을
막고 서있으니. 마치 수액이 흐르는 길에
매듭이 져 막히니 건강한 소나무도 곧게
자라지 못하고 기형이 된 꼴이 아닌가.
지난 7년 간의 공성(攻城) 노력에도 불구하고
우리 기대에 못 미친 채로 트로이 성벽은 여전히   10
멀쩡하다는 사실을 인정하오. 허나,
지난 몇 해 우리가 보인 모든 노력은
기록된 역사가 보여주듯 수많은 시도들이 난관에
부딪혀 목표를 빗겨가 원하는 바를 이루지 못하고

생각했던 것과 다른 엉뚱한 한 결과를 낸 것과
크게 다르지 않소. 그러니, 여러분,
우리가 해온 것들을 부끄러워하지도,
실패라 부르지도 맙시다. 실은 이 모든 게
주피터 신이 우리 인간이 지닌 끈기를 시험하고자

20   내린 오랜 기간의 시험에 불과하지 않소?
사람이 운명의 여신의 총애 안에 있을 때는
진가를 드러나지 않는 법, 이럴 땐 용감한 이와 겁쟁이,
지혜로운 자와 어리석은 자, 지식인과 무식인,
강자와 약자가 모두 같아 보일 뿐이오.
그러나 운명의 여신이 우릴 향해 이맛살을 찌푸리며
크고 강력한 부채로 바람을 일으키면,
가볍고 하찮은 것들은 날아가 버리지만
불순물이 없고, 단단한 자들은 그 진가를
만천하에 내뿜는 법이오.

30 **네스터** 신성한 위치에 걸맞은 예로써, 위대한 아가멤논께
합당한 경의를 표하며 이 네스터가 방금하신 말씀에
첨언하고자 합니다. 본시 사람의 진정한 값어치는
변덕부리는 운명에 맞설 때 드러나는 법이죠.
잔잔한 바다 위에서는 조그만 배들도
웅장함 범선(帆船) 옆에서 수면 위를
보란 듯 미끄러지지 않습니까!
허나 난폭한 보리아스가 일으킨 북풍이

온화한 바다의 여신 테티스를 건드려 분노케 하면

이내 튼튼한 뼈대로 만들어진 배는 산처럼 솟은 파도를

페르세우스의 말이 하늘과 바다 사이를 누비듯 뚫고 지나가는 것을 40

보게 될 것입니다. 그러나 어찌되겠습니까,

이제껏 큰 배와 견주며 오만방자했던

쪽배는요? 항구로 줄행랑치거나

해신(海神) 넵튠의 먹잇감이 되겠죠. 이처럼

가짜 용기와 참된 용기는

운명의 여신이 일으킨 폭풍 속에서

구별되는 법이죠. 햇볕이 내리 쬐는 대낮에

인간들을 성가시게 하는 것은 호랑이 같은 위험이 아니라

쇠파리 같은 존재들이라면, 참나무의 허리를 휘게 만들

정도의 강풍이 불면 그런 쇠파리 같은 자들은   50

움막 속으로 숨고,

용맹한 자만이 분노로 일어나 폭풍을 맞서듯

운명에 맞서 대항하죠.

율리시즈   아가멤논

위대한 총사령관이자, 우리 그리스군의 힘줄과 골격,

우리의 기질과 마음이 따르는 그리스군의

심장, 영혼, 선도하는 정신이시여,

이 율리시즈가 말을 들으십시오.

지위와 힘을 가진 위대한 분(아가멤논에게)이시여,

연륜으로 가장 존경받으시는 분(네스터에게)이시여,

존경과 찬사를 보냅니다.

두 분의 말씀에도

박수와 경의를 표합니다.

아가멤논, 당신께서 하신 말씀은 동판에 새겨 모두들

보게 만들 만하죠. 그리고 은발의 존경스런 네스터시여,

당신의 말씀이 공기 속 울림은 마치 우주의 축(軸)과 같이

강해 모든 그리스인들의 귀를 하나로 모아 당신의 그 지혜로운

말에 집중케 만듭니다. 허나 허락하신다면,

위대하고 현명하신 두 분께 드리고 싶은 말씀이 있습니다.

아가멤논   말하시게, 이타카의 왕자. 자네가 하는 말이

보잘것없거나 불필요한 부담을 주지 않을 테니.

입담이 더러운 서사이테스가

썩은 턱을 열어 낸 소리가

음악, 재치, 신탁으로 들리 길 기대하지는 않으니 말이지.

율리시즈   지금 저렇게 멀쩡한 트로이는 진즉 무너졌어야 하고,

대 헥토르의 검은 그 주인을 잃었어야 했지만,

그렇지 못했죠. 왜냐하면

지휘권이 무시됐기 때문이죠.

보십시오. 이 평원 위에

수많은 그리스군의 천막은 텅 비어

겉치레에 지나지 않고, 분파의 증거일 뿐이죠.

지휘관을 벌집으로 여겨,

일벌들이 그에게 모여들지 않으면,

어떻게 꿀을 모으겠습니까? 모든 이가 가면을 쓰면,

누가 천한지 고귀한지 알 수 없지 않습니까?

천체 스스로도, 행성도, 우주의 중심 지구도

위계질서, 우선순위, 지위,

규정, 방침, 균형, 계절, 형식,

직무와 전통에 따라 질서를 지키고 있죠.

그러기에 장엄한 태양은

다른 행성들 가운데 왕좌를 차지하고,

그 치유의 빛으로   90

사악한 행성들의 나쁜 영향을 바로 잡고.

마치 왕의 명령처럼 망설임 없이

그게 선이든 악이든 순리를 따르게 하죠.

그러나 행성들이 방황하다 사악함과

회합(會合)하면,

알 수 없는 역병, 흉조, 폭동, 해일,

지진, 폭풍, 전율, 변화, 공포가

국가들의 단결과 평화를

어긋나고, 깨지고, 찢어

뿌리째 뽑아버릴 겁니다. 아. 신분의 구별을   100

정해주는 사다리 같은 위계질서가 흔들리면,

국정(國政)이 병듭니다! 지역사회와

학교에서 권위, 도시의 조합들은 어찌됩니까.

바다를 건너하던 평화로운 무역도,

장자의 상속권리,

연장자의 특권, 왕관, 왕홀, 승자의 월계관도,

위계질서 없이 어떤 게 제자리에 설 수 있겠습니까?

질서가 없어지면, 조율 안 된 현악기 마냥

불협화음이 생깁니다. 모든 게

투쟁 상태에 놓이게 될 분이죠.

바닷물이 해안보다 높이 치솟아

단단한 세상을 수장(水漿)시켜버리고,

어리석은 자가 힘으로 세상을 지배하며,

버릇없는 자식이 아비를 때려죽이게 되는 법이죠.

힘이 곧 정의가 될 테죠. 예, 옳고 그름을

정하는 정의가 둘 사이에 눈치만 보죠.

그렇게 옳고 그름이 이름값을 못하면 정의도 곧 잊히게 될 겁니다.

그럼 힘이 곧 모든 게 되죠.

힘이 생각을 지배하고, 생각은 욕망에 이끌리기 마련이죠.

욕망이라는 우리 맘 속 늑대는

생각과 힘의 지지를 받아

세상의 모든 것을 먹어치우게 됩니다.

그러다 결국 자기 자신까지도 잡아먹죠. 위대한 아가멤논.

이 혼란은 위계질서의 숨통이 막아 생긴 질식이

가져온 것입니다.

위계를 무시한다는 것은

한 걸음씩 올라가려는 의도와 달리

되려 한 걸음씩 물러나게 되는 것과 같습니다. 장군께서

바로 아랫사람에게 무시당하면, 그자의 아랫사람도

그를 무시하고, 그의 바로 아랫사람이 다시 그를 무시하죠.　　　130

각자가 이와 같이 윗사람의 악행을 본받으니

피도 눈물도 없이 경쟁하는 질투의

열병으로 커나가죠.

트로이가 버티는 건 바로 우리의 이 열병이지

그자들의 힘이 강해서가 아니죠. 정리하자면,

트로이는 우리 약점 때문에 버틴 것이지, 저들이 강해서가 아닙

　　니다.

네스터 율리시즈, 우리 군을 병들게 한 열병의

　　원인을 지혜롭게 밝혀내셨군요.

아가멤논 병의 근원을 밝혔으니, 율리시즈,

　　치료는 어떻게 하면 되겠소?　　　140

율리시즈 위대한 아킬레스죠. 그야말로

　　우리 전력의 핵심이라 모두가

　　치켜세우는 말에 그도 익숙해 있죠.

　　아니다 다를까 그 명성에 도취해 군막에 머물며

　　우리 작전을 비웃죠. 그 곁에 파트로클러스도

　　침대 위에서 빈둥거리며,[5]

---

5. 침대라는 친밀한 공간 위에서 벌이는 아킬레스와 파트로클러스의 행동은 이들의 관
　계를 둘도 없는 우정을 나누는 동료로 볼 것인가, 아니면 동성애적 관계로 볼 것인
　가 해석에 따라 달라질 수 있는 대목이다.

천박한 농담으로 소일하지 뭡니까.

우스꽝스럽고 어설픈 몸짓으로

우리 흉낼 낸다며 우릴 조롱하고 있습니다.

종종 그자가 총사령관이신 아가멤논의

권위까지도 흉내 내죠.

마치 덩치만 있고 어리석은 배우가

거들먹거리며 무대 주변을

큰 걸음으로 걸어 다니며

내는 널판자의 삐걱 소리를

듣기 좋아하는 모습으로

당신을 흉내 냅니다. 말할 때는

깨진 종 마냥 땡땡거리고, 부적절한 말투성이고

그 소리들은 타이폰[6]이 일으킨

지진보다 더 요란하죠. 이런 저급한 짓에

덩치 큰 아킬레스가 침대 위를 뒹굴고

가슴이 터져라 웃어대며,

"훌륭해, 네가 바로 아가멤논이다!"

"이젠 네스터를 해봐, 목청을 다듬고, 수염도 쓸어내리며,

뭐라 한 마디 하려는 것처럼 말이야."라고 소리 지릅니다.

그자가 흉내 냅니다. 허나 그게 너무 다르죠.

---

6. 타이폰(Typhon): 그리스 신화에 나오는 괴물 거인. 상체는 남성인데 하체는 뱀의 형태를 지녔고, 어깨에 달린 100개의 뱀 머리가 무서운 목소리로 울부짖는 것으로 묘사됨.

불의 신 벌컨의 외모가 그의 아내 비너스가 다르듯 말이죠.

그래도 신과 같은 아킬레스는 계속 소리를 지르죠. "훌륭해!"

"네스터 그대로 다! 파트로클러스, 이젠 그 노인네가

야습에 맞서려 준비하는 걸 해봐."   170

정말이지, 그럼 노쇠한 노장들의 약점이

조롱거리나 되고 말지요. 네스터는 기침과 가래를 뱉으며

떨리는 손으로 갑옷의 걸쇠조차 제대로 못 거는

연기를 하죠. 이 놀음거리를 보고

용사나리가 숨 넘어 가듯 웃어댑니다. "그만, 파트로클러스,

아니면, 내 갈비뼈를 무쇠로 만들어 주든가! 이렇게 웃다간

비장이 터져버릴지도 몰라." 이런 식으로

우리의 실력과 재능, 본성과 자태,

개인과 집단의 우수한 기량,

업적과 계획, 명령과 방어,   180

진격명령과 휴전을 위한 수사,

승리와 패배, 있거나 말거나를 가릴 것 없이

모든 게 이 두 사람 사이에 조롱거리에 불과합니다.

네스터 이 사람은, 율리시즈가 이야기한 것처럼,

우리 군에서 그 명성이 자자하니,

그들이 내는 흉내가 사기에 좋을 게 없소이다.

에이잭스도 점점 고집이 세지고, 그 오만함으로

제 코를 쳐들고 남을 깔보는 게

덩치 큰 아킬레스 못지않아요. 그를 좇아 군막에 틀어박혀

　제 패거리에게 식사나 대접하고 있지 않습니까. 저는 마치 신탁

　　이라도 받은 양

　우리 처지를 비난하고 있어요. 서사이테스란 종놈을 꼬드겨

　돈 찍어내듯 끝도 없이 우릴 중상모략하고,

　게다가 우릴 쓰레기에 빗대고 있지 않습니까.

　위험을 무릅쓰고 전장에서 싸웠건만

　그가 우리 희생을 흔들고 깎아 내고 있어요.

율리시즈　그들이 우리 전략을 비난하며, 비겁하다 하더군요.

　지혜는 전쟁을 치르는 것과 아무 상관없다며,

　치밀한 계획을 무시하고 오직 힘만 있으면

　된다지 않습니까. 공격 계획을 수립해

　적시에 필요한 병력을 투입하고

　적의 능력을 가늠해 대항하도록

　애쓰는 조용하고 냉정한 상황판단을

　그자들이 손가락 하나만 한 가치도 없다 여겨

　그저 침대놀음, 탁상공론, 밀실전쟁이라 부릅니다.

　도리어 성벽을 깨부수는 공성기의

　충격력과 파괴력 때문에

　이런 무기를 만든 기술자나

　이를 효과적으로 쓸 사람보다

　무기를 중시하는 자들이죠.

네스터　그렇다면, 아킬레스 몇 명을 합한 것보다 그가 타는

　말이 훨씬 더 중요한 셈이지요.

나팔 소리.

아가멤논　　　　　　　　　뭔 나팔소린가? 확인해 보게.
　　　　메넬라우스
메넬라우스　트로이 쪽 신호입니다.

아에네아스와 나팔수 등장.

아가멤논　여긴 어쩐 일인가?
아에네아스　실례가 안 된다면, 위대한 아가멤논 장군의 군막을 찾고 있
　　　는 중입니다.
아가멤논　바로 찾아왔소.
아에네아스　왕족이며 전령의 임무를 띤 자로 아가멤논 장군께
　　　정중히 메시지를 전하고자 합니다.
아가멤논　아킬레스의 갑옷보다 더 확실한 보증을 약속하지.
　　　그것도 한 목소리로 아가멤논을 총사령관이라 부르며
　　　따르는 그리스 장군들 앞에서 말이오.　　　　　　　　　220
아에네아스　적절하고 충분한 보증이십니다. 근데
　　　그 위엄 있는 외모를 본 적이 없는 자로서 그분을
　　　어떻게 다른 이들로부터 가려낼 수 있겠습니까?
아가멤논　　　　　　　　　　　　　　　어떻게 라니?
아에네아스　네. 제가 여쭙기는 존경심을 깨워
　　　아침의 여신이 막 잠에서 깬 차가운 눈으로
　　　젊은 태양신 보이보스를 바라볼 때처럼

볼을 불그스레 변하게 해 공손함을 표하기 위함입니다.

어느 분이 그리스군을 이끄는 군신(軍神)이신가요?

어느 분이 고귀하고 위대하신 아가멤논 장군이신가요?

230 **아가멤논** 이 트로이인이 우릴 놀리는가, 아니면

트로이인들은 예를 아는 신사들인가.

아에네아스 신사들은 고상하고 관대하여, 칼을 들지 않을 땐

상냥한 천사와 같죠. 평화로운 시절에 특히 그러하죠.

허나 군인이 되면 모욕을 용납지 않고

튼튼하고 훌륭한 팔다리와 예리한 칼과 신의 뜻,

그리고 참된 용기로 가득합니다. 입을 닫자. 아에네아스.

입을 닫자, 트로이인이여. 입술에 손가락을 대자.

자화자찬은 칭찬의 가치를

더럽히는 법.

240 그러나 패배한 적이 찬사를 건네면

그것이야말로 순수하고 투명한 칭찬 아닌가.

아가멤논 이보시오, 트로이인, 당신이 아에네아스인가?

아에네아스 그렇소, 그리스인. 그게 내 이름이오.

아가멤논 　　　　　　　　　　　　　그래 무슨 용무이신가?

아에네아스 실례가 아니라면, 아가멤논 장군께 직접 전하고 싶습니다.

아가멤논 장군은 트로이인과 사적으로 만날 일이 없소.

아에네아스 이 사람도 장군께 사적으로 속닥거리러 온 게 아니오.

이리 나팔수까지 대동해 온 것은 장군의 주목을 끌어

내가 여기 왔음을 알리고,

메시지를 전하려던 참이오.

아가멤논 지나가는 바람처럼 자유롭게 이야기해 보시오.

지금은 아가멤논 장군께서 주무시고 계실 시간은 아니니. 250

잘 보시오. 트로이인, 그분께서

이렇게 직접 당신에게 말하고 있으니.

아에네아스   나팔수, 크게 불어라.

자네의 거친 나팔 소리가 이 잠든 군영에 퍼지도록.

기백이 있는 그리스군 모두에게

트로이의 뜻이 온전히 전해지도록.

나팔 소리.

위대한 아가멤논, 이곳 트로이엔

프라이엄 국왕의 아들 헥토르 왕자가 계시오.

그분께서는 오랫동안 지루하게 계속된 휴전으로

창끝이 녹슬어 있으니 저를 시켜 나팔수를 데리고

다음과 같은 뜻을 전하라 하셨소. "그리스의 제후, 귀족 여러분, 260

여기 훌륭한 그리스 용사들 가운데 누구라도

안일한 삶보다 명예를 더 귀하게 여기고,

위험을 두려워하기보다는 사람들의 찬사를 원하고,

용기를 낼 줄 알지만 두려움을 모르며,

사랑고백을 그저 입술을 얻고자 건넨

거짓 맹세가 아닌 연인의 아름다움과 소중함을

전장에서 무용(武勇)으로 증명하려는

자가 있다면, 그자에게 도전하고자 한다.

헥토르, 트로이와 그리스군이 보는 가운데서

270 그분이 사랑하는 여인은 어떤 그리스 남자가 품었던

여인보다도 현명하고 정숙하다는 것을

증명하고 또 이를 위해 최선을 다할 것이다.

내일 아침 나팔 소리를 신호로

그리스 진영과 트로이 성벽 사이로

진실한 사랑에 빠진 그리스인을 소환할 것이다.

나오는 자가 있다면, 헥토르가 경의를 표할 것이다.

없다면, 트로이 성안으로 돌아가

그리스 처자들은 모조리 성병에 걸렸고, 그녀들을 위해

싸울 가치가 없다 말할 것이오." 이상.

280 **아가멤논**   이 도전을 애인을 가진 자들에게 전하겠소, 아에네아스.

이 도전에 응하는 자가 없다면,

그런 자들은 고향에 두고 왔기 때문이오. 우린 군인이오. 허나,

사랑할 줄 모르고, 하지도 않고, 하려고도 하지 않는 군인

그런 자는 겁쟁이에 불과한 군인.

누군가 사랑을 알고, 했고, 하려는 자가 있다면,

그가 헥토르에 맞설 것이오. 내가 하리다, 만약 누구도 없다면.

네스터   헥토르에게 네스터에 대해 말하시오. 헥토르의 할아버지가

아직 젖먹이일 때 사내였던 자. 지금은 나이 들었으나

우리 그리스 진영에서 누구도 나서

290 사랑을 위해 싸울 의지의 불씨를 가진 자가 없다면

내 말을 전하시오.

내 은빛 수염을 금빛 투구로 감추고

이 삐쩍 마른 팔은 소매 갑옷으로 싸서

헥토르를 맞서겠다고. 나의 애인은

헥토르의 할머니보다 아름다웠고, 이 세상

누구보다 정숙한 여인이었다고.

그의 젊음이 흘러넘친다 하더라도

증명하리다. 내 몇 방울 피를 흘려서라도.

아에네아스 하늘이 그렇게 하도록 두지 않으시길 바랍니다.

율리시즈 절대로 그럴 일이 없소.

아가멤논 귀하신 손님 아에네아스. 손을 이리 주시오.   300

먼저 내 막사로 갑시다.

아킬레스도 우리 얘길 들으면 할 말이 있을 테고,

다른 그리스 제장들도 그럴 것이니.

우선 떠나기 전에 목이나 좀 축입시다.

적이라도 귀한 분을 대접해야지 않겠소?

율리시즈와 네스터만 두고 모두 퇴장.

율리시즈 네스터!

네스터 말해보게, 율리시즈?

율리시즈 내게 막 떠오른 생각이 있는데.

이 생각을 다듬으려면 당신 도움이 필요합니다.

네스터 무언가, 그게?   310

율리시즈 다름이 아니라

모난 돌에는 정(釘)이 제격 아닙니까.

자랄 대로 자란 아킬레스의 오만의 씨앗을

이참에 반드시 찍어내야죠.

아니면, 종자가 뿌려지고 악덕의 모판에서

자라 우리 모두를 덮치고 말테니까요.

네스터   음, 근데 어떻게 말이오?

율리시즈 용맹한 헥토르의 도전은

그리스 전체를 상대로 낸 것이긴 하나

실은 아킬레스를 겨냥한 것이 맞습니다.

320 **네스터** 맞아. 그 의도는 일 더하기 일이 이인 것처럼 뻔하지.

덧셈을 모르는 무식한 자라도 알 수 있는 게니까.

이 이야기가 널리 알려지게 되면

아무리 그자의 머릿속이 리비아 사막의 둑처럼

황막하더라도―아폴로 신도 그자의

머릿속이 메마른 것을 부인하지 못하시지―금세 알아차릴 것이오.

헥토르가 목표로 한 것이 바로

자기란 것을.

율리시즈   그러면 아킬레스가 반응을 보일 겁니다. 그렇죠?

네스터 물론, 분명히 그가 움직이겠지. 누가 감히 헥토르와

330   대적해 그의 명예를 빼어올 수 있겠소,

아킬레스가 아니라면? 그게 장난으로 하는 결투라도

여기엔 수많은 우리의 명예가 걸려 있게 되오.

트로이인들은 이 결투에서 우리의 명예를

시험하고자 가장 예리한 미각으로 우리 명예를 맛보려 할 것이오.

내 말을 들으시게, 율리시즈.

잘못하면 우리 명예가 위태로우니, 성공해야 하오,

비록 개인들 간의 결투가 되겠지만, 사람들은 이를 우리 군 전체의

좋고 나쁨을 가늠하는 척도로 삼으니.

이게 수없이 쓰인 역사책의 목차에

지나지 않은 것처럼 보일지 모르나,   340

아직은 하찮은 아이처럼 보이나 커가며

후일 거인의 모습으로 변할 것이오. 헥토르를 맞서려

나선 자는 우리가 선발한 자로 여길게 아닌가.

우리 모두가 이 선발에 참여하게 될 테니

그렇게 뽑혀 우릴 대표해 나서는 자는

결국 우리의 모든 것을 대표하는 자인 셈이지.

만약 그런 자가 진다면, 그 승리로 인해

트로이인들이 스스로를 대단하다 여기면

자신감으로 가득 차게 되지 않겠나?

정말로 그렇게 믿게 되면, 그자들은 더 잘 싸울 것이고,   350

그자들의 몸뚱이가 곧 강력한 무기가 되어 그들이

쥐고 싸우는 칼과 활 못지않은 힘을 발휘하게 될 것이오.

율리시즈 제 얘기도 들어보시죠. 그러니까 아킬레스가

헥토르를 만나선 안 됩니다. 장사치들이 하듯

우선 하품(下品)을 내놓고서 용케 팔리면 다행이고

아니면, 우리가 빼둔 상품(上品)을 내놓으면

오히려 아까 그것보다 훨씬 좋아 보일 것입니다.

헥토르와 아킬레스가 대적하는 것을 허락해선

안 됩니다. 둘 사이에서 어떤 승부가 나든지

360 우리에겐 감당할 수 없는 결과가 따르니까요.

네스터 난 잘 이해가 되지 않아. 감당할 수 없는 결과란 게 뭔가?

율리시즈 아킬레스가 헥토르로부터 얻은 영광은

그가 오만하지만 않으면 우리 모두가 함께 누릴 영광이지요.

허나 아킬레스는 이미 충분히 그 콧대가 높아있지 않습니까.

만약에 헥토르를 쓰러뜨리면, 따가운 멸시의 눈길로 우리를

깔볼 것이니, 그럴 바엔 차라리 아프리카의 태양 아래서

타죽는 게 훨씬 나을 것입니다. 헥토르한테 진다면,

우리 최고 용사의 불명예와 함께

우리 명성이 한순간 곤두박질치게 됩니다. 안되죠. 제비를 뽑는데

370 미리 손을 써서 어리석은 에이잭스로

헥토르를 맞서 싸우게 해야 합니다. 그리고 우리 중

아킬레스가 훨씬 훌륭한 전사라고 치켜세우면

이 때문에 들뜨게 될 겁니다. 칭찬을 좋아하니까.

이게 되레 파란 무지개의 신 아이리스보다 더 오만한

아킬레스를 싸우러 나가지 않게 만들 것입니다.

무식하기 짝이 없는 에이잭스가 무사히 살아 돌아오면

우리 모두가 그를 큰 목소리로 치켜세우는 거죠. 실패하더라도

우리에겐 더 나은 용사들이 있다고

사람들은 생각할 것입니다. 이기건 지건 간에,

우리 계획은 원하는 결과를 가져 올 것입니다. ³⁸⁰

에이잭스를 이용해서 아킬레스의 버르장머리를 고쳐주는 거죠.

네스터 율리시즈,

이제야 자네 조언의 참뜻을 알겠네.

아가멤논 장군께 전해야 하지 않겠나.

지금 즉시 함께 갑시다.

두 마리의 개가 서로를 길들이는 꼴을 보겠군.

투견들이 뼈를 두고 싸우듯 명예를 걸고 싸우는 꼴을 보겠어.

퇴장.

2막

1장

그리스 진영

에이잭스와 서사이테스 등장.

에이잭스 서사이테스!

서사이테스 아가멤논 몸이 온통 종기로 뒤덮이면
어떨까?

에이잭스 서사이테스!

서사이테스 종기가 온몸으로 돌아다니면, 그러면 장군이라도 이리저리
미쳐 돌아다니겠지. 종기 고름이 사방으로 터지듯.

에이잭스 똥개 같은 놈!

서사이테스 그 속에서 뭔가 튀어나올 텐데,
아직은 아니지만.

10 **에이잭스** 이 화냥년의 자식 놈아, 내 말이 안 들려? 그럼 맛 좀 봐라.

서사이테스를 친다.

서사이테스 그리스 역병이나 걸려라. 배고픈 똥개마냥 아무생각 없는
양반아.

에이잭스 지껄여봐라, 그래. 아무짝에도 쓸모없는 놈아, 지껄여봐! 네놈
낯짝을 고쳐주마.

서사이테스 내가 네놈을 꾸짖어 그 무식한 머리통을 채워주마.

　　　　　　허나, 책도 보지 않는 네놈에게 기도문을 외게 하느니

　　　　　　소에게 글을 가르치는 게 훨씬 빠르겠다. 할 줄 아는 짓이

　　　　　　사람 패는 건데, 나도 칠 셈이냐? 사기꾼 같은 놈, 염병에나 걸려라!

에이잭스 독버섯 같은 놈, 저 포고문이 뭐라는 지나 말해봐라.　　　　20

서사이테스 난 배알도 없는 줄 아냐, 이렇게 마구잡이로 때리면서

　　　　　　그걸 물어?

에이잭스 뭔 포고문이냐고!

서사이테스 딱 봐도, 네놈이 바보라 쓰여 있다,

에이잭스 까불지 마라, 고슴도치 같은 놈. 내 주먹이 근질거린다.

서사이테스 머리부터 발끝까지 근질거려봐라. 그럼

　　　　　　내 긁어주마. 그리스에서 제일 역겨운 부스럼장이로

　　　　　　만들어 줄 테다. 싸움터엔 느려 터져

　　　　　　제일 늦게 나서던 놈이.

에이잭스 포고문 내용이 뭐냐니까?　　　　　　　　　　　30

서사이테스 밤낮으로 아킬레스를 두고 투덜대고 욕이나 하더니

　　　　　　속으론 부러웠나 보군. 저승의 문지기 세르버스가

　　　　　　저승의 여왕 프로세르피나의 아름다움을 질투하듯이 말이야.

　　　　　　그치, 그래서 아킬레스에게 짖어댔군.

에이잭스 계집년 같은 놈.

서사이테스 아킬레스를 쳐보시던가.

에이잭스 빵 덩어리 같이 생긴 놈!

서사이테스 아킬레스가 네 녀석을 가루로 낼 거다, 뱃사람이

비스킷을 부수듯 말이야.

40 **에이잭스** 사생아 같은 놈!

서사이테스를 때린다.

서사이테스 쳐, 쳐봐.

에이잭스   마녀의 변기통 같은 놈!

서사이테스 그래, 쳐, 쳐봐라, 이 꼴통 놈아. 내 팔꿈치만큼도 안 되는
뇌를 가진 놈아. 당나귀 새끼라면 네 스승으로 충분하다.
꼴사나운 당나귀 같은 놈. 네놈 쓸모는 트로이 일을 때려
부수는 게 전부야. 그러니 머리를 좀 쓰는 이들이
너를 기껏 야만스런 노예 다루듯 하잖아. 네놈이 나를 때리려 하면,
네 발꿈치에서 시작해서 하나하나 네가 어떤 놈인지 짚어주마.
이 배짱도 없는 놈아!

에이잭스 이 개 같은 놈이!

50 **서사이테스** 비열한 귀족 놈!

에이잭스 똥개 새끼!

서사이테스를 마구 때린다.

서사이테스 전쟁의 신 마르스의 광대 같은 놈! 쳐봐, 무지막지한 놈. 더
해봐, 낙타 같은 놈. 쳐, 쳐!

아킬레스와 파트로클로스 등장.

아킬레스 아니, 뭔 일인가, 에이잭스! 왜 그래?

이보게, 서사이테스. 이 친구야, 무슨 일이냐고?

서사이테스 저기 저 놈이 보이시죠, 그죠?

아킬레스 그래, 뭐가 문제야?

서사이테스 아니, 저 놈을 잘 보시라니까요.

아킬레스 그래, 보고 있어. 뭔 일이냐니까?

서사이테스 아니. 저 놈을 잘 보시라니까요.

아킬레스 잘? 지금 그러고 있잖아. 60

서사이테스 아니 잘 보고 계시지 않아요. 누구로 생각하신지

모르나, 저 놈이 에이잭스란 놈입니다.

아킬레스 멍청하긴, 나도 알고 있어.

서사이테스 근데, 저 바보 놈은 지가 누군지 몰라요.

에이잭스 그래서, 내가 널 패주는 게다.

서사이테스 워, 워, 워, 워, 좁쌀만 한 지혜로 내뱉는 말하곤.

저놈의 핑계가 어리석기 짝이 없죠. 그래도 저놈이

제 몸뚱이를 친 것보다 훨씬 더 저놈의 머릿속을 후려쳐줬죠.

한 푼으로 아홉 마리의 참새를 살 수 있지만, 저놈 대갈통에

든 것은 참새 한 마리의 9분의 1도 안 되니. 아킬레스 님, 70

에이잭스란 놈의 뇌는 배때기에 들어있고 창자가 머릿속에 있죠.

제가 이놈 얘기를 더 해드리죠.

아킬레스 뭔데?

서사이테스 이 에이잭스란 놈이 글쎄.

에이잭스가 서사이테스를 위협한다.

아킬레스 그만하시오, 에이잭스.

서사이테스 멍청해가지고선.

아킬레스 아니, 자네부터 말려야겠군.

서사이테스 헬렌의 바늘귀를 채울만한 지혜도 없는 놈이, 헬렌을
위해 싸우겠다고 하잖습니까.

80 **아킬레스** 조용, 이 바보야.

서사이테스 나야 입 닥치고 잠자코 있겠지만 저 멍청이는
그러지 못할 거야. 저, 저놈 좀 보라니까요.

에이잭스 이 염병할 똥개 새끼, 내 지금 당장ㅡ

아킬레스 저 바보랑 논쟁할 셈이야?

서사이테스 아니지, 저런 놈과 그럴 순 없죠. 바보와 논쟁에서 이길 자는
없으니까요.

파트로클러스 말 한 번 잘했군, 서사이테스.

아킬레스 뭣 때문에 시비가 붙은 거야?

에이잭스 내 저 부엉이 같은 놈에게 포고문의 내용이 뭔지 보고 오라
했더니, 내게 덤벼들지 뭐야.

90 **서사이테스** 내가 네 꼬붕이냐?

에이잭스 얼씨구, 계속해봐.

서사이테스 난 내 의지로 움직인다고.

아킬레스 조금 전 얻어맞은 건 그럴만했어. 물론 좋아서 맞는 자는
없지. 허나 에이잭스는 이 전쟁에 자발적으로 참여했지만

너는 끌려왔잖아.

서사이테스 그렇다 쳐도, 장군의 지혜도 머리에서 나오는 게 아니라 팔 다리에서

나오는군요. 아니라면, 세상 사람들이 모조리 거짓말쟁이지요. 헥 토르가

당신을 때려눕힌들 얻는 게 별로 없네요. 그래 봐야 섞어 텅 빈 호두 같은

장군의 머리만 보게 될 테니까요.

아킬레스 뭐라고, 이젠 나랑 한판 뜨자는 거야, 서사이테스? 100

서사이테스 저기 있는 율리시즈와 늙은 네스터의 지혜는 장군의 할아버 지가

태어나기 훨씬 전에 이미 섞여 케케묵었는데. 그들이 당신들에게 멍에를

씌워 가축처럼 끌고 다니며, 전쟁터의 노예처럼 이용하는 걸 모르잖소.

아킬레스 뭣이, 어째?

서사이테스 그럼 그렇고말고. 이랴, 아킬레스, 이랴, 에이잭스. 가자!

에이잭스 네놈의 혀를 끊어 버릴 테다.

서사이테스 해보시지. 내가 네놈보단 더 지혜롭게 말할 수 있으니까. 혀가 없어도 말이지.

파트로클러스 그만해, 서사이테스. 그 입 닥쳐. 110

서사이테스 아킬레스의 깔이 입을 닫으라니 그래야 하지, 그치?

아킬레스 한 방 먹었는데, 파트로클러스.

서사이테스 돌대가리 같은 당신들이 목매달려 죽는 꼴을 보기 전엔 이 군막에 오지 않겠소. 난 머리를 쓸 줄 아는 이들에게 가야겠어. 잘들 계시구려, 바보 패거리.

퇴장.

파트로클러스 성가신 놈 잘 갔다.

아킬레스 자, 에이잭스. 전군에 전파되기를,
헥토르가 오전 열한 시에 나팔이 울리면
우리 군영과 트로이 사이에서
감히 그와 맞설 용기가 있는 자가 있다면 나와서
결투를 하자고 한답니다. 이유가 뭔지 난 모르겠지만,
뭐 건 없겠지. 잘 있으시게.

에이잭스 잘 가시오. 누가 헥토르에 맞서려 할런지?

아킬레스 난 모르지. 제비를 뽑지 않겠나. 아님, 헥토르가
생각해 둔 자가 있겠지.

파트로클러스와 함께 퇴장.

에이잭스 아, 자기라 생각하는군. 내 가서 좀 더 알아봐야겠다.

퇴장.

2장

트로이. 프라이엄의 궁전

프라이엄, 헥토르, 트로일러스, 패리스 그리고 헬레네스 등장.

프라이엄 이제까지 수많은 시간과 목숨 그리고 대화를 주고받고 나서

그리스의 네스터가 다시 이런 메시지를 전해왔다.

"헬렌을 송환하라, 그러면 지금까지의 모든 피해,

즉 명예훼손, 시간낭비, 노고, 비용,

사상자, 포로 그리고 탐욕이 가져온 이 전쟁이

빼어간 귀중한 것들에 대해 불문에 붙이겠다.

헥토르 네 생각은 어떠냐?

헥토르 제 소견을 말씀드리자면, 저만큼

그리스군을 두려워하지 않는 자는 없습니다. 허나 위대하신 전하,

어떤 여인도 저만큼 예민한 감각과   10

동정심을 지니거나 주의가 깊어

"내일 무슨 일이 생길 줄 누가 알겠는가?"라며

절규할 이도 없을 것입니다. 평화가 가져온 병은

안보에 대한 맹신(盲信)이요, 이게 전쟁을 잊게 만듭니다. 적절한 대비는

현명한 자를 이끄는 횃불이며, 최악의 상황을

피하게 만들어 줍니다. 헬렌을 보내시죠.

이 전쟁을 위해 처음 칼을 빼낸 순간부터

헬렌 때문에 죽은 수천 명의 목숨 중 헬렌보다

아깝지 않은 목숨이 없었습니다. 우리 백성들 아닙니까.

20   우리 백성도 아니고 그만한 가치도 없는 여자를 위해,

설혹 트로이 여인이라 하더라도 우리 군사 10분의 1

가치도 없는 여인 때문에 우리 군의 10분의 1 희생을

감수한다면, 누가 우리가 헬렌을 송환하지 않는

이유를 받아들이겠습니까?

트로일러스   됐어, 됐습니다. 형님.

형님은 위대하신 국왕인 아버님의

가치와 명예를 그깟 하찮은 목숨과

비교해보려는 것입니까? 헤아릴 수 없는

아버님의 무한한 위대함을 셈해보겠다고?

감히 하늘 같으신 아버님을 고작

30   조그만 자로 치수를 재보시겠다?

고작 걱정이나 명분이라는 자로? 젠장, 부끄러운 줄 아세요.

헬레너스 그렇게 명분에 얽매이지 말자는 게 이상할 것은 없지.

너란 녀석은 그런 걸 모르잖아. 그런 네가 아버님께서

국사를 다루시는 데 명분과 상관없이 하시라고

조언하는 게 말이나 되는 소리냐?

트로일러스 사제(司祭) 같으시긴. 꿈 얘기나 잠꼬대나 하시는군요.

장갑에 명분의 털을 달아야 마음 편해지시는군요. 여기 그

명분이 있습니다.

알겠지만 적들은 형님을 해치려고 하고,

그들이 휘두르는 칼은 위험하죠.

그리고 모든 위험한 것들로부터 벗어나는 게 세상 이치죠. ₄₀

그러니 헬레너스 형님이 칼을 휘두르는

그리스인을 보고 이치의 날개를 발꿈치에 달고

주피터에게 야단을 맞고 도망치는 머큐리 마냥

추락하는 유성처럼 도망친대도

누가 놀라기나 한답니까? 그만두시죠, 명분이나 이치 따윌 운운

   하는 것.

그냥 문이나 걸어 잠그고 잡시다. 사내다움이나 명예는

명분이나 이치에 함몰하다보면, 토끼 마냥

겁보가 됩니다. 생각과 조심성은

겁쟁이나 만들고 기운을 빼기나 하니까요.

헥토르 아우야, 헬렌은 우리가 희생을 치러가며 지킬만한

가치가 없다. ₅₀

트로일러스 우리가 그 가치를 인정하지 않으면, 다른 무슨 소용이 있습

   니까?

헥토르 허나 가치란 게 한 개인의 욕망에 따라 정해질 순 없다.

진정한 가치란 그 자체로 값어치와 소중함을

품고 있어야 하며 남들도

같은 평가를 해야 하는 것이다. 신 자체보다

숭배의식을 더 귀하게 여기는 것은 우상숭배 아니냐.

욕망이란 게 가치가 없는 사람들이나 물건에

홀린 듯 빠져들게 만들어

해나 끼치지 않더냐.

60 **트로일러스** 제가 오늘 아내를 맞이하고, 내 선택이

욕망의 이끌림에 따른 것이라면,

내 욕망에 불을 지핀 것 욕망과 분별력 사이에

있는 위험한 바다에서 길을 찾는 두 명의 행해사인

내 눈과 귀겠죠. 내 욕망이 내 선택에

싫증난다고 해서 내가 택한 아내를

쫓아낼 순 없죠. 조강지처를 버리고

명예도 지켜낼 방도는 없으니까요.

상인에게 산 비단을 더럽혀 놓고서

되돌려 줄 순 없죠. 단지 배가 부르다고

70 진수성찬의 남은 음식을 함부로

쓰레기통에 마구 버릴 순 없잖습니까. 어찌 보면, 패리스 형이

그리스 놈들에게 복수를 하려는 건 당연한 일 아닙니까.

그 항해는 형님들의 전적인 지원이 있었기 때문이고,

헤쳐 나가야 했던 파도와 바람도 평화를 바래 패리스 형의

항해를 도와 무사히 원하던 항구에 도착한 거구요.

그렇게 해서 그리스 놈들이 잡아 간 숙모님을 데려오려

아폴로의 젊음에 굴욕을 안기고 신선한 아침도 푸석하게 만들

젊고 풋풋한 그리스 왕비를 데려 온 것 아닙니까.

왜 그 여잘 잡아두고 있습니까? 우리 숙모님이 그리스 놈들 손에

계시는데.

그 여잘 잡아둘 가치가 있어서요? 네, 그 여잔 보물이죠. 그 여자 80

　때문에

천 척 이상의 배가 띄워지고,

제왕들은 장사치 마냥 그 여잘 사려고 달려들었으니.

형님들 필요에 "출정하라!" 소리치며 패리스 형의 원정을 성원하

　셨으면,

이게 옳은 결단이었단 걸 인정하셔야죠.

그 필요 때문에 두 손으로 손뼉 쳐가며 패리스에

"비길 자가 없다!"라 하지 않았습니까. 그러면 패리스 형이

귀중한 보물을 가지고 왔다 인정하셔야죠. 근데 이제 와서

현명한 결심이 가져온 결과를 비방하고

운명의 여신도 하지 않을 변덕을 부리며,

바다와 육지에서 난 것 중에 제일이라며 90

칭찬하던 것을 헌신짝처럼 다루십니까? 이런 부끄러운

도적이 어디 있다고 합니까. 훔친 걸 두려워서 내놓다니!

훔친 물건을 가질 자격도 없는 도적입니다, 우린.

그리스에선 맘껏 그들에게 치욕을 안겨 주었는데

정작 내 나라에 와서 우리 행동을 당당히 말하길 겁내하다니!

카산드라　(안에서) 울부짖어라, 트로이인들이여, 울부짖어!

프라이엄　　　　　　　　　뭔 소리냐, 웬 비명이냐?

트로일러스　실성한 누이동생입니다. 그 애 목소리입니다.

카산드라　(안에서) 울어라, 트로이인들아!

헥토르 카산드라.

카산드라, 머리카락이 귀밑까지 흐트러진 채 절규하며 등장.

100 **카산드라** 울부짖어라, 트로이인들이여, 울어라. 수많은 그대들의 눈으로
　　　　날 바라보시오.
　　　　예언의 눈으로 모두 가득 채울 테니!

헥토르 진정해라, 애야, 진정해!

카산드라 처녀들과 총각들, 중년들과 주름진 노년들아,
　　　　우는 것밖에 모르는 갓난아기들까지.
　　　　내 울부짖음을 거들어다오. 앞으로 다가올
　　　　통곡을 앞서 조금이라도 울어보자.
　　　　울어라, 트로이인들아, 울부짖어라! 눈물을 쏟아내라.
　　　　트로이는 영원할 수 없고, 이 아름다운 성은 무너진다.
　　　　횃불의 화신 패리스가 우릴 모두 태워버린다.

110　　　　울어라, 트로이인들아, 울부짖어라! 헬렌이 재앙을 가져온다!
　　　　울어라, 울어! 헬렌을 내쫓지 않으면, 트로이는 불타버린다.

　　　　　　　　　　퇴장.

헥토르 자, 철부지 트로일러스야, 네 누이가 격렬하게
　　　　쏟아 낸 무서운 예언에 넌 아무런
　　　　후회의 자책을 느끼지 못했더냐? 아니면 네 피가
　　　　너무 끓어 올라 이성적으로 말을 내뱉지 못하고,
　　　　명분이 없는 행동이 낳게 될 나쁜 결과에 대한
　　　　경계조차 못하게 된 게냐?

트로일러스   하지만, 헥토르 형님.

모든 행위의 판단을 그것들이 가져온 결과만으로

평가해선 안 되죠. 게다가 카산드라가 제정신이

아니라고 마음 속 용기를 잃어서는 안 됩니다,   120

누이가 실성해서 내뱉은 예언 때문에

정의를 위해 많은 자들이 명예를 걸고

싸우는 이 전쟁의 명분을 퇴색시키지

맙시다. 개인적으로 이 싸움에 임하는 제 심정은

아버지의 다른 자식들과 다르지 않습니다.

그러니 주피터 신이시여, 우리 형제 중 누구도

이 싸움에 찬성하지 않겠다거나 참여치 않겠다는 자가

나오지 않게 하소서.

패리스 그렇지 않으면, 세상 사람들은 내 행동은 물론이고

형님들의 주장들도 진정성이 없다고 비난할 겁니다.   130

하지만 신에게 맹세코, 형님들이 동의해 주었기 때문에

내가 원하는 바대로 추진했고 이 무시무시한 계획에

대한 모든 두려움을 떨쳐버릴 수 있었던 것 아니오.

빌어먹을, 아니면 나 혼자서 뭘 할 수 있었겠소?

어찌 한 사람의 용기로 이 전쟁에 뛰어든

저 수많은 자들의 공격과 증오를

막아낼 수 있었단 말이오? 근데, 단연코 말하건대,

설사 나 혼자 이 난관을 맞서야 한다고 하여도,

내 의지만큼이나 충분한 힘이 허락된다면,

나 패리스는 내가 한 일을 다시 되돌리지 않을 테고,

결코 포기하지 않을 겁니다.

프라이엄　　　　　　　패리스야, 마치 사랑놀이에

빠진 애처럼 말하는구나. 그 일로 넌 달콤함을 맛볼지 모르나,

다른 이들은 쓴맛을 보고 있다.

그러니 만용을 부리는 것은 칭찬할 일이 못된다.

패리스 아버지, 전 이 아름다운 여인이 제게 가져다 준 쾌락만을

말씀드리는 것이 아닙니다.

단지, 그 여인을 납치했다는 오명을

씻고 싶어 여인을 명예롭게 보호하자는 것입니다.

불명예스럽게 강요에

그 여인을 포기한다면,

강탈당해 온 여왕에 대한 치욕이요,

아버지의 높으신 명성에 수치고, 제겐 망신이죠. 어찌

그런 타락한 생각이 우리들의 고상한 마음

한 구석에 자리를 차지할 수 있습니까?

우리 중 가장 천한 자일지라도

주저 없이 자신의 칼을 빼어들고

헬렌을 보호할 겁니다. 또한 고귀한 신분을 가진 자들 중

헬렌을 위해서 기꺼이 목숨을 바치고 그 죽음이 칭송받기를

원치 않는 자를 찾을 수 없을 것입니다. 그러니 제 말씀은,

세상에 둘도 없는 미모를 지닌 여인을 위해

싸우는 게 당연하다는 겁니다.

헥토르 패리스 그리고 트로일러스, 둘 다 맞는 말을 했다.

우리가 직면한 문제와 원인에 대해 요약은 잘 했으나,

피상적인 것에 불과하다. 너희는 아직 철부지들과

다를 바가 없구나. 그래서 아리스토텔레스가 그 나이엔

윤리학을 배우기엔 적합하지 않다 했지.

너희들이 생각한 명분은

옳고 그름을 판단한다며

피가 달아오른 흥분상태로 했지, 적절한

선택으로 한 게 아니다. 욕망과 복수라는 것은　　　　170

독사보다 더 귀가 멀어 진실한 판단의 목소리를

듣지 못한다. 자고로 자연은 만물이

본래 그것이 속한 주인에게 돌아가기를 희망하는 법인데.

그럼, 모든 인간관계에 있어서 남편에게 아내만큼 더

가까운 것이 어디 있느냐? 이런 자연의 법칙이

욕정에 의해 더럽혀지면,

고상한 자가 무분별한 욕정에

치우쳐 이 법칙을 어기게 되기에

질서가 잡힌 모든 나라에선 법을 두어

가장 반항적이고 고집 센 이 끓어오르는　　　　180

욕정에 재갈을 채우기 마련이다.

헬렌이 알려진 대로 스파르타 왕의 아내가

맞다면, 자연의 윤리가 정한 법칙과

모든 나라의 법률은 그녀를 돌려보내야

한다고 부르짖을 것이다. 잘못을 되돌리지 않고
고집하는 건 앞선 잘못을 경감시키긴커녕
더 악화시키는 법. 내가 생각하는 순리란
이런 것이다. 그럼에도 불구하고,
의기 넘치는 동생들아, 헬렌을 돌려보낼 수
없다는 너희들의 의견에 나도 함께한다.
왜냐하면 이 문제에 우리 형제의 우애와
자존심이 달려 있기 때문이다.

트로일러스 맞습니다, 우리가 의도한 바를 제대로 말하셨어요.
우리가 싸우려는 이유는 영광 때문이 아니라
달아오른 분노를 발산하려 하기 때문이죠.
헬렌을 지키려고 트로이인의 피 한 방울이라도
더 흘리게 할 순 없습니다. 하지만, 헥토르 형님,
그 여자는 명예와 명성의 주제가 되었습니다.
용맹하고 숭엄한 행위로 이끌어가는 박차이며,
이렇게 발동된 용기는 우리가 적을 무찌르고,
그 명성이 길이길이 역사에 남겨지도록 할 것입니다.
용감한 헥토르 형님께선 이미 약속된 영광의
값진 기회를 저버리시지는 않겠죠?
세상의 모든 금은보화가 아니라고
이마를 찌푸리시지는 않으시겠죠?

헥토르   난 너희들과 하나다.
우리는 위대한 프라이엄의 용감한 아들들이 아닌가.

저 미련하고 파벌로 나뉜 그리스 귀족 놈들을

자극하는 도전장을 보내놨으니

정신 줄을 놓고 있던 놈들은 깜짝 놀랄 것이다.

내 이미 듣기로 녀석들의 총사령관이란 자도 잠이나 자고 210

군내에는 지들끼리 깎아내리는 경쟁이 만연됐다 하더구나.

이참에 그 대장 놈 정신을 바짝 차리게 해 보자.

모두 퇴장.

3장

서사이테스 등장.

서사이테스 뭐야, 서사이테스! 흥분해서 정신 줄을 놓은 거야?
그 코끼리같이 미련한 에이잭스 놈을 그냥 놔둘 텐가? 놈이
나를 패고 욕지거릴 해댔는데. 아, 괜찮을 텐데. 내가 그놈을 패고,
그놈이 내게 성질을 부리는 것으로 처지가 뒤바꿔있다면.
젠장, 악마를 불러내는 법을 배워 사악한 저주로 끝장을
내버릴까보다. 저기 보기 드문 꼴통 공병(工兵),
아킬레스가 있군. 트로이 성을 저 두 놈들이 성 밑을 파헤쳐서 무
너뜨려야지,
성벽이 제 스스로 무너지지 않는 한 절대 함락시킬 수 없으니 말
이야.
아, 올림포스 번개의 신이시여, 당신이 신들의 왕 주피터란 사실을
잊으시오. 머큐리, 너도 두 마리의 뱀이 휘감은 능력의 지팡이를
내팽겨쳐라. 저놈들이 지닌 하찮은 지혜의 작은 부스러기라도
빼앗지 못하면 말이다.
세상의 무식자도 저놈들이 얼마나 어리석은지 알지.
저놈들은 거미줄에 걸린 파리 한 마리를 구하겠다고 커다란 칼을
뽑아
거미줄을 끊어버릴 자들이니까.

그러고 나선, 바로 그리스 진영에 복수하도록 만들어야지!

아니, 차라리 매독에 걸리라 빌자. 계집 하나 때문에 이 전쟁에

나선

놈들에겐 이게 꼭 맞는 저주니까.

자, 기도를 했으니, 사악한 질투야, "아멘"해야지! 저기 보시오.

아킬레스 나리! 20

파트로클러스 (막사 안에서) 밖에 누구냐? 서사이테스? 자넨가, 친구?

들어와, 우릴 좀 열 받게 해봐.

서사이테스 척하면 착이지, 뭐 물어봐야 아나?

관뒤라, 뭔 상관이랴.

인류의 가장 흔해 빠진 저주인

무식과 무지가 네놈에게나 흘러넘쳐라. 하늘이시여,

저놈을 가르치려는 자로부터 보호하시고, 예의범절은 눈 씻고

찾아보려도 볼 수 없게 하소서! 죽을 때까지 욕정에 노예나 되라!

죽은 네놈 몸뚱이를 수습하는 년이 시체가 깨끗하다 말한다면,

맹세코 그년은 허구한 날 문둥병자 시체에게나 수의를 30

입혔을 게 분명하다. 아멘.

파트로클러스 등장.

아킬레스는 어디 있어?

파트로클러스 아니 네놈도 신을 믿냐? 뭐야 기도한 거야?

서사이테스 물론, 하늘도 내 기도를 들겠지!

파트로클러스 아멘

아킬레스 (막사 안에서) 거기 누구야?

파트로클러스 서사이테스네요.

아킬레스 어디, 어디, 어디 좀 봐? 진짜 온 거야? 아,
식후 소화를 돕는 치즈 같은 놈아, 여러 번이나 시중드는 걸
왜 빼먹은 거야? 이리 와서 얘기 좀 해봐, 아가멤논이 뭐 길래?

서사이테스 당신 지휘관이시죠, 아킬레스. 그럼 말해봐, 파트로클러스.
네게 아킬레스란?

파트로클러스 네 주인님 아니냐. 서사이테스. 그럼 이것 대답해봐.
네놈은 누구냐?

서사이테스 널 알고 있는 사람이지, 파트로클러스. 말해봐.
넌 누구냐?

파트로클러스 네놈이 날 안다며?

아킬레스 아, 말해 봐, 어서!

서사이테스 이 모든 대화를 정리해보지. 아가멤논은
아킬레스의 상관이고, 아킬레스는 내 주인이고, 난 파트로클러스를
아는 자이고, 그리고 파트로클러스는 멍청이다.

파트로클러스 이 망할 놈이!

서사이테스 진정하라고, 멍청한 놈아. 아직 안 끝났으니까.

아킬레스 말할 허락을 이미 받았으니, 계속해봐, 서사이테스.

서사이테스 아가멤논은 멍청이고, 아킬레스는 멍청이다.
서사이테스는 멍청이고, 아까 말했듯이 파트로클러스는 멍청이다.

아킬레스 설명 좀 해봐, 뭔 소린지.

서사이테스 아가멤논은 아킬레스를 지휘하려니 멍청한 것이고,

아킬레스는 아가멤논의 지휘를 따르니 멍청한 것이며,

난 이 멍청한 양반을 모시니 멍청한 것이고, ₆₀

파트로클러스는 말할 것도 없이 멍청이지. 끝.

파트로클러스 내가 왜 멍청하냐고?

서사이테스 그건 널 만든 신께 여쭤봐지. 난 네가 멍청하단 것만

잘 알고 있다. 저길 봐라, 누가 온다.

아킬레스 파트로클러스. 난 아무하고도 얘기하고 싶지 않아. 자 나랑

안으로 들어가자고, 서사이테스

퇴장.

서사이테스 천지에 부정, 사기, 속임수뿐이구나!

이 모든 사단이 창녀와 오쟁이꾼 때문에 일어난 것인데.

파벌로 나뉘어 서로 피 흘려 죽기까지 싸워야 할

참으로 좋은 이유다! 그런 이유를 들먹거리는 놈들 역병이나 걸 ₇₀

려라.

전쟁과 색욕아 이 모두를 싹 쓸어 버려라.

퇴장.
아가멤논, 율리시즈, 네스터, 디오메데스 그리고 에이잭스 등장.

아가멤논 아킬레스는 어디 있나?

파트로클러스 군막 안에 있습니다. 심기가 좋지 않습니다.

아가멤논 내가 여기 와있다고 전하게.

내 전령도 만나주지 않아 이리 내가

체면을 구기고 직접 왔네.

그러니 잘 전하게, 그가 내 지휘권에 문제가

있다고 생각하거나 내가 지위를 잊고 온 것으로

잘못 생각하지 않도록 말이야.

파트로클러스   명하신대로 하겠습니다.

퇴장.

80 **율리시즈** 열린 군막 틈으로 들여다보니,

그잔 멀쩡하더군요.

에이잭스 아냐, 오만이란 병에 걸린 사자라면 멀쩡한 게 아니지.

우울증이라 볼 수 있지, 그자를 이해한다면. 근데 내 보기엔

오만이 맞아. 아니 왜들 그래? 그자 보고 직접 설명해보라 하시오.

뭐라 한 마디 하셔야죠, 장군.

에이잭스가 아가멤논을 한쪽으로 데리고 간다.

네스터 뭣 때문에 에이잭스가 아킬레스에게 쏘아 붙이는 게야?

율리시즈 아킬레스가 그의 멍청한 꼬붕 녀석을 꼬셔간 것 때문이죠.

네스터 누구, 서사이테스 말인가?

율리시즈 네.

90 **네스터** 그럼 에이잭스가 맥이 풀리겠군, 코를 맞대고

말싸움을 할 자를 잃어서.

율리시즈 아니죠, 그가 원하던 상대가 바로 그 멍청한 놈을 꼬셔간
아킬레스니까요.

네스터 거 잘 됐군. 그자들이 갈라져 지들끼리 으르렁거리며 싸우는 게
합쳐 우리에게 대드는 것보다 낫지. 바보 놈 하나 때문에 갈라질
연합이 뭔 걱정이겠느냐만.

율리시즈 지혜로 묶인 연합이 아니면 어리석음이 쉽게 갈라놓을 수 있는
법이죠.

파트로클러스 등장.

파트로클러스가 오는군요.

네스터   아킬레스는 함께 오지 않는군.

율리시즈 코끼리는 관절이 있지만, 그걸 구부려 예를 취할 줄 모르죠.   100
그놈 다리란 필요 때문에 있는 거지, 인사에 필요한 건 아닙니다.

파트로클러스 아킬레스가 저를 통해 사과를 전하라는군요.
총사령관을 비롯한 주요 제장들의 방문이
운동이나 재미 삼아 나선 게 아니라면
저녁 만찬 후 건강과 소화를 위해 산보 삼아
나서 신선한 공기라도 쐬러 온 것으로
여기시라는 군요.

아가멤논   여보게, 파트로클러스.
그런 소리는 신물이 날 지경이네.
아킬레스가 마치 경멸의 눈초리가 날개를 달고 빠져나가듯
발뺌해서 우릴 바보로 만들 순 없네.   110

물론 아킬레스는 명성이 높고 가진 장점이 많아

우리가 이에 맞는 대접을 해주어야지. 허나,

그런 장점도 오만해지면 부덕의 소치가 되고,

보는 이들 눈에서도 영과의 빛을 잃어버리기 마련일세.

아니, 아무리 먹음직한 과일이라도 더러운 접시에 담기면

아무도 손을 대지 않아 썩게 되는 것과 같은 이치지. 가서 전하게.

내가 할 말이 있어 왔다고.

우리가 그를 지나치게 오만하고 불손하다고 생각하며,

다른 이들이 생각하는 것 이상으로 스스로를 과대평가한다고 여

   긴다고

120   말해도 틀린 말이 아니라고 전해도 좋다.

그가 무례하고 금수(禽獸)와 다를 바 없이 행동하는 동안

그보다도 더 위대한 분들이 기다리고 있다고.

신성한 지휘권의 사용을 자제하며,

그의 방자함을 지켜만 보고 받아주고 있다고.

그렇지, 그의 성질, 변덕을 점잖게 지켜보고만 있지.

마치 이번 원정의 결과가 그에 달려있다고 여기며.

가서 이대로 전해라. 그리고 지금처럼 자신의

값어치를 과대평가하면

우린 그와 함께하지 않을 거라고.

130   그가 이동시킬 수 없는 공성기(攻城器)라면,

"전쟁을 이곳에서 데려오시오, 이걸 끌고 갈 수는 없소."

라는 푯말 아래 버려나 둡시다.

이제 우리에게 필요한 건 잠자는 거인이 아니라

싸우고자 하는 난장이라 전해라.

파트로클러스 알겠습니다. 바로 답을 받아 오겠습니다.

아가멤논 대리인을 통해 이야기하는 건 충분치 않지.

내 직접 만나서 얘기해야겠어, 율리시즈, 들어가 보시오.

율리시즈 퇴장.

에이잭스 그가 남보다 뛰어난 게 뭡니까?

아가멤논 스스로가 뛰어나다는 생각뿐이지.

에이잭스 그리 뛰어나답니까? 장군도 그자가 저보다 낫다고 생각하고

있음을

알고 계시는군요? 140

아가멤논 물론이오.

에이잭스 장군도 그자 생각과 같습니까, 그자가 더 낫다?

아가멤논 아니오, 에이잭스 경. 당신은 다른 어느 제장들 못지않게 강하고,

용맹하며 현명하오. 아니 훨씬 점잖은데다 나를 더 적극적으로

따라주고 있지 않소?

에이잭스 사람이 어떻게 그리 자만해지냐 말이죠? 뭐가 그를 자만하게

만드는지

모르겠습니다. 게다가 자만이란 게 뭔지.

아가멤논 당신의 심성이 고결하기 때문이오, 에이잭스. 게다가 그대가

지닌 덕이

훨씬 더 훌륭하오. 오만한 자는 스스로를 잡아먹는 법. 오만은

　바로 자기 스스로의 거울이자, 자신을 드러내는 나팔과도 같지

　　않소. 자화자찬의

　기록을 써내려갈 뿐이고, 이런 자아도취는 귀한 업적도 결국엔

　　집어삼켜 버리고

　마는 법이지.

율리시즈 다시 등장.

에이잭스　질투심 많은 수놈 두꺼비만큼이나 난 거만한 놈이 싫어.

네스터 (방백) 근데, 네놈도 널 제일로 치잖아, 그건 이상한 게 아닌가?

율리시즈　아킬레스는 내일 출전하지 않겠다는군요.

아가멤논　이유가 뭐라던가?

율리시즈　그잔 누구에게도 얽매이지 않고

　해왔던 대로 하겠답니다.

　눈치 보거나 의식하지 않고

　제 뜻과 마음 가는 대로 하겠답니다.

아가멤논　우리가 이렇게 정중히 청하는데, 이자가 군막 밖으로

　나와 보지도 않고 우리와 말도 섞지 않겠다는 거야?

율리시즈　하찮은 것들에서 중요하게 만든 꼴입니다.

　우리가 부탁하는 처지라서요. 자만심에

　가득 찬 게 말하지 못할 정도로 자만해져서

　숨도 못 쉴 정도라니까요. 자신에 대한 과대망상이

　빨갛게 달아올라 그 정신과 육체는 마치 아킬레스란

　왕국에서 내전을 치르듯

분노에 휩싸여 스스로를 갈기갈기

찢어 버리고 마는 지경이지요. 뭔 말이 필요하겠습니까? 170

그자에겐 지독한 거만이 "회복 불가"라는

사망선고만을 외쳐댈 뿐이죠.

아가멤논   에이잭스를 그자에게 보냅시다.

(에이잭스에게) 장군, 그의 군막으로 가서 이야기를 해보시오.

당신에게는 호감을 가지고 있다고 하니까 아마도 장군의

부탁에는 좀 부드러운 태도를 보일 수도 있을 것이오.

율리시즈   아, 아가멤논 사령관님, 그렇게 하시면 안 됩니다.

그보단 에이잭스가 그의 발길을 아킬레스로부터

멀리하도록 타이르셔야 합니다. 자기 교만의

지방덩어리 속에서 자신을 굽고,

자기와 관련된 일이 아니고선 180

다른 이의 의견을 절대 용납하지 않는 자에게

우리 모두가 우상으로 존경해 마지않는 에이잭스가

고개를 숙여야 되겠습니까?

아니죠, 세 배는 더 훌륭하고 진정한 용기를 지닌 장군이

용감하게 쟁취한 명예를 그렇게 더럽혀선 안 되죠.

얼마나 아킬레스가 대단한지 모르나,

에이잭스가 아킬레스에게 감으로써

그 명성을 욕되게 하는 것은 반대입니다.

그것은 이미 커질 대로 커진 거만함에 교만의 기름을

덧바르고 한여름에 작열하는 하늘에다 불꽃을 190

더하는 꼴입니다.

에이잭스가 아킬레스에게 간다? 주피터여, 막아주소서.

천둥소리로 명하소서, "아킬레스, 네가 에이잭스에게 가라!"

네스터 (방백) 아, 잘하고 있군. 에이잭스가 품은 마음을 잘 키우는군.

디오메데스 (방백) 저 침묵이 율리시즈의 감언이설이 통했단 뜻이지.

에이잭스 내가 그자에게 가면, 이 주먹으로

상판대기를 너덜거리게 할 텐데,

아가멤논   아니, 아니오. 가면 안 되오.

에이잭스 그자가 내 앞에서 우쭐댄다면, 그 자만심을 작살내주지.

날 붙들지 마시오.

200 **율리시즈** 이 전쟁 때문에 우리가 쏟아 부은 것을 위해서라도 참으시오.

에이잭스 조무래기 같은 주제에 오만방자하기까지!

네스터 (방백) 지 얘기를 하는군.

에이잭스 그자는 주변머리가 없다니까.

율리시즈 (방백) 까마귀가 검정을 나무라는군!⁷

에이잭스 내 그자의 성질머리를 고쳐 주리다.

아가멤논 (방백) 의사의 병을 고치겠다고 환자가 나서는

꼴이라니.

에이잭스 모든 사람들이 내 생각과 같다면야―

율리시즈 (방백) 세상에 머리 쓰는 자가 하나도 없겠지.

210 **에이잭스** 그자를 그냥 놔둬선 안 되지요. 먼저 이 칼로 본때를 보여주겠소.

그런 거만을 그냥 두어서 쓸니까?

---

7. '똥 묻은 개가 겨 묻은 개를 나무라는군.'과 같은 의미.

네스터 (방백) 그런 식이라면, 네놈 거만도 오십보백보다.

율리시즈 (방백) 네놈 거만에 비하면 아무것도 아니다.

에이잭스 그자를 떡 주무르듯 주물러 부드럽게 해드리지요.

네스터 (방백) 아직 충분히 달아오르지 않았어. 듣기 좋은 말로 확 달아오르게

해야 돼. 야심이 식어가고 있잖아.

율리시즈 (아가멤논에게) 사령관님께서 아킬레스의 행동에 지나치게 많은

신경을 쓰고 계십니다.

네스터 각하, 그러실 필요 없으십니다.

디오메데스 아킬레스 없이 싸울 채비를 하시지요.

율리시즈 그렇게 그자 이름을 들먹이던 게 이런 폐해를 가져온 것이지요. 220

우리에게 이 분이 있잖습니까? 면전이라

여기까지만 말씀드리죠.

네스터   아니 더 말씀하세요.

이 분은 아킬레스처럼 칭찬에 굶주린 분이 아니세요.

율리시즈 세상이 이미 다 알고 있는데요, 이 분이 얼마나 용감한지는—

에이잭스 똥개 자식, 놈이 우리 일을 다 망쳐놨습니다.

차라리 그놈이 트로이 사람이라면 나으련만!

네스터 에이잭스에게 무슨 부덕함이 있다 칩시다.

율리시즈 뭐 거만하다든지,

디오메데스   칭찬에 눈이 멀었든가.

율리시즈 네, 행실이 추잡하고—

디오메데스   교만하고 제멋대로라 해도!

율리시즈 하느님 감사합니다. 선한 성품을 허락하셨으니.   230

당신을 낳고 젖을 물려 키우신 부모님께 감사를 드리오.

당신의 스승은 대단하시오. 그보단 당신의 천부적 재능이

모든 학식보단 세 배는 더 뛰어나구려.

허나, 당신에게 병법을 가르친 스승은 더 위대하니

군신(軍神) 마르스의 영예를 둘로 나누어

그 반쪽을 그분께 드려야 할 것이오. 당신의 힘으로 말할 것 같으면,

황소를 들쳐 멨던 크로톤의 마일로[8]도,

근육질 몸매의 에이잭스 당신 앞에선 명함도

못 내밀 것이오. 당신의 지혜에 관해선 이야기해서 무엇 하겠소.

240 당신의 천부적 재능을 감싸고 있는 경계요, 테두리요, 해안선일 뿐인데.

여기 계시는 네스터 장군은 오랜 세월을 통해 많은 지혜를 쌓으셨기에,

지혜로우셔야 하고, 지혜로우시고 지혜로울 수밖에 없는 분이시죠.

죄송하지만 네스터 장군님, 당신께서 에이잭스의 청춘일 때에

지금과 같은 머리를 가지셨다 하더라도

지금의 에이잭스보단 못하셨을 겁니다.

잘해야 비슷한 정도셨겠죠.

에이잭스   아버님으로 모셔도 되겠습니까?

율리시즈 당연하지, 내 훌륭한 아들아.

디오메데스   그분의 뜻을 잘 따르시오, 에이잭스.

율리시즈 이젠 주저할 필요가 없습니다. 수사슴 같은 아킬레스는

---

8. 기원전 6세기 그리스의 레슬링 선수.

숲속에 틀어박혀 나오지 않을 테니, 총사령관께서

허락하시면 전군을 소집하겠습니다. 250

트로이는 새로운 주인을 맞을 준비를 해야겠죠. 내일 당장,

모든 병력을 집결시키겠습니다.

여기 서 계신 이 에이잭스 장군이야말로 제 기량을 뽐내고자 하는

동서에서 모여들어 용사들과 최고를 겨룰 만하지요.

아가멤논 지휘관 회의를 합시다. 아킬레스는 잠이나 자라고 하시오.

가벼운 배야 바다 위를 민첩하게 달린다지만, 큰 배라야 심해를

건널 수 있는 법이오.

모두 퇴장.

3막

1장

트로이 궁전의 내실

판다러스와 하인 등장. 안에서 음악 소리가 흘러나온다.

판다러스 이봐 자네, 말 좀 묻지. 자네가 젊은 주인 패리스 왕자를
따라온 자가 아닌가?

하인 예, 왕자님께서 제 앞에 가셨죠.

판다러스 네 주인님의 종이냐 물음이다, 내 말은.

하인 예, 전 주님의 종입니다.

판다러스 참으로 고귀한 분을 모시는군 그래. 나도 그분을 찬양하지
않을 수 없지.

하인 주님께 영광을!

판다러스 날 알아보겠지, 안 그런가?

10 **하인** 네, 얼핏요.

판다러스 이보게, 잘 알아두게. 내가 바로 판다러스 경이니.

하인 네, 경을 잘 알았으면 합니다.

판다러스 그래, 그게 내가 원하는 바지.

하인 경께서는 구원의 은총을 받으셨나요?

판다러스 은총? 그딴 거 말고, 사람들이 날 부를 때 경,
나리님이란 호칭을 쓴단 얘기야. 이건 뭔 음악 소리지?

하인   부분밖에 모르지요, 부분이 모여 된 음악 소리긴 해도요.

판다러스   악사들은 알고 있나?

하인   전부 다 알죠.

판다러스   누굴 위해 연주하는지도?   20

하인   그야 듣는 사람 좋으라고 하겠죠.

판다러스   이봐, 그게 누구냐니깐?

하인   저랑 그리고, 음악을 좋아하는 누군가겠죠.

판다러스   누가 연주시켰는가 말이야, 내말은?

하인   제게 뭘 시켰단 말씀이세요, 나리?

판다러스   이봐, 우리 서로 마이동풍일세. 내가 너무 조신하게 물으니, 자네가 요점에서 빗나가는군. 그러니까, 누가 이자들에게 연주하라 시켰느냐고?

하인   그 말씀이셨군요. 실은 제 주인이신 패리스 님께서 시키신 일이죠. 저기 직접 나와 계시는데, 그분 옆에는 인간으로 태어난 비너스,   30 아름다움의 정수, 사랑의 보이지 않는 영혼과 같은 분이 함께 계시죠.

판다러스   누구, 내 질녀 크레시다랑?

하인   아뇨, 헬렌 님이요. 그분에 대해 이 정도 말씀드렸으면 알아들으셨어야죠.

판다러스   네가 아직 우리 크레시다 아가씨를 보지 못한 게 분명해. 난 트로일러스 왕자님의 심부름으로 패리스 왕자님께 볼일이 있으니, 어서 왕자님을 만나 뵈어야겠다. 눈썹이 탈만큼 급한 일이니까.

40   **하인**   급한 일요? 애가 많이 탄 일인가 보네요.

패리스와 헬렌이 하인과 함께 등장.

판다러스   평안하셨습니까. 왕자님 그리고 옆에 서 계신 아름다운
분이시여? 소망하시는 일들이 잘 이루어지길 기원합니다!
특별히 아름다우신 왕비님이시여, 아름다운 생각들로
베개를 삼아 아름다운 꿈만 꾸시길 소망합니다.

헬렌   어머나, 아름다운 말들로 가득한 인사네요.

판다러스   아름다운 말로 화답하시네요, 아름다운 왕비님.
왕자님, 아주 흥을 돋는 합주였습니다.

패리스   그 합주의 흥을 깨셨구려. 다시 붙여주셔야겠습니다.
직접 노래를 해서 깨진 부분을 고치셔야 하지 않겠습니까?
50   헬렌, 이 양반은 노래를 좀 하세요.

판다러스   진심으로, 왕비님, 사실이 아닙니다.

헬렌   오, 부탁이에요.

판다러스   거칠기가 그지없습니다. 정말 다듬어지질 않았어요.

패리스   틀린 말은 아닙니다. 항상 오늘처럼 솔직한 건 아니지만.

판다러스   왕자님께 드릴 말씀이 있어왔습니다, 왕비님. 왕자님
한 말씀드려도 되겠습니까?

헬렌   아뇨. 얼렁뚱땅 넘어가려 마세요. 노래를 들어야겠어요.
반드시.

판다러스   제발, 왕비님, 친절하시기도 하십니다.
60   하지만 절 좀 보십시오, 왕자님. 제 주인이시자 친구이며

왕자님의 동생인 트로일러스 왕자께서.

헬렌 판다러스 경, 로맨틱한 분이시잖아요.

판다러스 잠시만요, 아름다운 왕비님, 잠시만요. 왕자께서 왕비님께도
애정이 듬뿍 담긴 인사를 전하라 하셨죠.

헬렌 노래를 안 하려고 수작을 부리면 안 돼요. 만약에 사실이면,
우리의 우울한 심정이 당신에게도 그대로 옮겨질 거예요.

판다러스 아름다운 왕비님, 맘씨 고운 왕비님이시여, 맹세코, 왕비님은
아름답고 고우십니다.

헬렌 그럼 이렇게 고운 왕비를 슬프게 하는 게 얼마나 큰 죄인 줄 아셔야
해요.

판다러스 아뇨, 그렇게 말씀하셔도 소용없습니다. 노래는 절대   70
안 됩니다. 방금하신 말씀 정도에 움직일 제가 아니죠. 아니에요.
참, 왕자님. 트로일러스 왕자께서 부탁하건대 왕께서 저녁 만찬
때 찾으시면
적당히 둘러대 달라고 하십니다.

헬렌 판다러스 경.

판다러스 무슨 말씀을 하시려고요, 아주 아름답고 고운 왕비님?

패리스 뭔 꿍꿍이인가? 어디서 저녁을 먹을 참인데?

헬렌 안 돼요, 패리스.

판다러스 무슨 말씀을 하시려고요? 그렇게 끼어드시면
패리스 왕자님께서 기분 나쁘실 텐데요.   80

헬렌 (패리스에게) 어디서 저녁시간을 보내는지 왕자 당신은 상관마세요.

패리스 크레시다가 초대한 자리에 있다는 데 내기를 걸겠소.

판다러스 아뇨, 아뇨 그런 게 아닙니다. 잘못 짚으셨습니다.

크레시다라뇨? 그 애는 지금 몸이 좋지 않습니다.

패리스 그래? 그럼 내 알아서 둘러대지.

판다러스 아이고, 감사합니다. 왕자님. 근데 크레시다는 왜 말씀하셨죠?

글쎄, 불쌍한 그 애는 몸이 좋지 않은데요.

패리스 난 촉이 좋아.

판다러스 촉이요! 무슨 말씀을 하시는지? 이봐, 악기 하나

90 　 가져와 봐. 자, 아름다우신 왕비님.

헬렌 어머, 감사하게도 맘을 바꾸셨네요.

판다러스 제 질녀 녀석이 왕비님이 지니신 뭔가를 몹시 탐을 내고 있습죠,

고우신 왕비님.

헬렌 드릴게요, 그게 제 패리스 왕자님만 아니라면요.

판다러스 왕자님이요? 아뇨, 당치도 않아요. 하나에서 쪼개진 둘인데 전

혀 닮지 않았죠.

헬렌 쪼개졌던 사이가 다시 가까워지면 셋이 될 텐데.

판다러스 자 자, 그런 얘기란 이제 그만두시죠. 당장 제가 노래 한 곡을

불러드리죠.

헬렌 네, 네, 어서 하세요. 판다러스 경. 이제 보니 경의 이마가 참으로

100 　 훤하네요.

판다러스 원하면 한 번 만져보시죠.

헬렌 사랑 노래를 불러보세요. "사랑은 우리 모두를 불행하게 해" 이런

거요.

오, 큐피드, 큐피드, 큐피드!

판다러스 사랑이요? 좋지요. 당연히 그래야죠.

패리스 좋아, 좋아, "사랑, 사랑밖에 몰라."

판다러스 네. 그게 이렇게 시작하죠. (노래한다.)

　　　　사랑, 사랑, 사랑밖엔 없어, 그래도 사랑, 사랑이 필요해!

　　　　　사랑의 화살

　　　　수사슴과 암사슴을

　　　　건드렸나.　　　　　　　　　　　　　　　　　　　110

　　　　상처는커녕

　　　　제대로 흥분만 시켰나.

　　　　아주 둘이 "아, 아, 나 죽겠다!"란다.

　　　　숨이 넘어갈 듯하더니

　　　　"아, 아"가 "하, 하, 히"로 바뀌니

　　　　죽지 않고 아직도 살았네.

　　　　　"아, 아"하다 "하! 하! 하!"

　　　　　　"아! 아!"가 신음인지 "하! 하! 하!"인지 난 몰라!

　　좋다!

헬렌 사랑에 빠지면, 정말, 코끝까지 찌릿하나 봐요.　　　　120

패리스 비둘기만 먹는다나, 사랑이란 놈은. 그럼 피가 끓고,

　　　　끓는 피는 생각을 끓게 만들고, 끓는 생각은 다시

　　　　행동을 끓어오르게 하니, 끓는 행동이 바로 사랑이오.

판다러스 이게 사랑의 계보인가요? 끓는 피, 끓는 생각,

　　　　끓는 행동? 아니 그럼 사랑은 무시무시한 독사네요. 사랑은

　　　　독사의 후예인가 봅니다. 왕자님, 오늘 싸움터엔 누가 나가셨나요?

패리스 헥토르, 데이포버스, 헬레너스, 안테노 그리고 모든 트로이의

용사들이지. 나도 무장을 갖추고 오늘 나가려던 참인데 헬렌이

못하게 말렸지 뭐야. 그나저나 내 동생 트로일러스는

130   나갔나?

헬렌 왕자가 뭔 불만이 있어 보이던데, 다 알고 계시죠,

판다러스 경?

판다러스 아니요, 모릅니다. 상냥하신 왕비님. 전 오늘 출전하신 분들의

소식이

궁금할 뿐입니다. 왕자 동생의 부탁을 잊으시면 안 됩니다!

패리스 하나도 까먹지 않았네.

판다러스 안녕히 계십시오, 왕비님.

헬렌 질녀에게 내 안부를 전해주세요.

판다러스 분부대로 하겠습니다, 왕비님.

퇴장.
후퇴의 나팔 소리.

패리스 싸움터에서 돌아오는가 보군. 궁에 들어가

140   용사들을 맞아야겠어. 헬렌, 부탁인데 헥토르 형님이

갑옷을 벗는 것을 도와드려 주시오. 단단한 조임쇠라도

당신의 희고 매력적인 손가락이 닿으면,

강철 칼날이나 그리스의 무력에도 끄떡하지 않던 게

부드럽게 풀릴 테니. 그리스군의 누구 하나 하지 못한 일을 하는 거죠.

대 헥토르의 무장을 해제시키는 일.

헬렌 그분을 모실 수 있는 것은 우리 모두의 자랑이죠, 패리스.

오히려, 형님께서 제 시중을 받아주신다면,

외모로 받는 칭찬보다 훨씬 더 가치 있는 일이죠.

저를 더 빛나게 해줄 테니 말이죠.

패리스 내 사랑, 난 당신이 생각하는 것보다 당신을 더 사랑하오. 150

퇴장.

2장

크레시다의 집 정원

판다러스가 등장하여, 트로일러스의 하인과 만남.

판다러스 이봐 거기! 주인은 어디 계시나? 크레시다 조카딸 집에
　　　　　계시나?

하인 아니요, 어르신. 그곳으로 안내해 주십사하고 어르신을 기다리고 계
　　　십니다요.

트로일러스 등장.

판다러스 아, 여기 오는군. 안녕하십니까?

트로일러스 넌, 저만치 가 있어.

하인 퇴장.

판다러스 제 조카애를 만나보셨나요?

트로일러스 아직, 판다러스. 스틱스 강둑 위에 건네주기를
　　　　　기다리는 영혼처럼[9] 그 아이 집 문 앞에서
　　　　　서성거리기만 했다니까. 뱃사공 카론이 되어

---

9. 스틱스(Styx) 강: 저승을 돌아 흐르는 강. 죽은 이의 혀 아래와 눈 위에 동전을 놓아
　　두는 관습은 스틱스 강을 건네주는 뱃사공 카론에게 내는 뱃삯에서 유래되었다.

서둘러 저편 들판으로 데려다줘.

내게 걸맞은 백합이 만발한 꽃밭에서

뒹굴어야겠단 말이지. 맘씨 좋은 판다러스,

큐피드의 어깻죽지에서 그림 같은 그 날개를

뽑아 나랑 크레시다에게로 날아가자고!

판다러스 여기 정원에서 거닐고 계세요. 그 아이를 곧 데리고 올 테니.

퇴장.

트로일러스 설레는 마음 때문에 머리가 어질어질해.

눈앞에 생길 일에 대한 생각만으로도 너무 달달 하구나.

내 감각이 마비되어버릴 것 같아. 이 굶주린

혀가 세 번이나 정제한 순전한

사랑의 즙을 맛본다면, 죽을지도 몰라.

아니면 미쳐 기절하겠지. 너무나 감미롭고,

몹시 촉촉하면서도 강렬하고, 그 달콤함을 거부할 수도 없겠지.

네 무딘 감각은 도저히 감당 못 할 거야.

두렵다. 마치 싸움터에서 도망치는 적을

인정사정 보지 않고 달려들어 공격할 때

느낀 환희처럼 지금 내 감정이 뭐가 뭔지

구별하지 못할 만큼 두려워.

판다러스 다시 등장.

판다러스 조카애가 준비를 마쳤으니 곧 나올 겁니다.

요령껏 잘 하세요. 그 아이는 얼굴이 빨개져있고 마치

유령이라도 본 것처럼 숨을 헐떡거리고 있으니 말이죠.

제가 데리고 나오죠. 귀엽기 짝이 없는 아이랍니다.

막 붙잡힌 참새마냥 숨을 헐떡이고 있어요.

퇴장.

트로일러스 똑같은 흥분으로 내 영혼이 채워지고 있다.

내 심장은 열병에 걸린 자보다 더 빠르게 뛰고 있어.

내 몸의 힘도 다 빠져나가 어쩔 줄 모르겠다.

꼭 미천한 자가 뜻밖에 임금과 시선이 마주친

마냥으로.

판다러스가 베일로 얼굴을 가린 크레시다를 데리고 등장.

판다러스 이리, 이리로. 그리 부끄러워할 것 없단다. 어린 애처럼

굴지 말거라. (트로일러스에게) 자, 여기 계시는군. 제게 맹세하신대로

이 애에게 맹세하세요. (크레시다에게) 어딜 가려는 게냐?

얌전히 있기 전까지 내가 눈을 뗄 수가 없구나, 그래야 쓰냐?

자, 이리, 어서 이리 오려무나.

그리 뒤로 물러서면 멍에라도 씌워야겠다. (트로일러스에게)

왜 아무 말씀이 없으십니까? 자, 이 베일을 걷어치우고

이 아이 얼굴을 보셔야죠. 아이고, 가엾은 대낮아, 이 아이가

네 빛 아래선 얼굴을 보이기 싫어하나 보다! 밤이라면 쉽게 보였
　을 텐데.

자, 자, 좀 더 가까이 가서, 입을 맞춰 봐요. 이게 뭐야. 아주 밀린
　집세 받는 양

제대로 하네. 좋다 목수양반 아주 집을 지읍시다, 날씨도 좋으니.
　아니지.

내가 떼놓지 않으면 두 사람 심장이 터져버리겠는 걸. 저 아이도
　사내만큼이나

적극적이네. 내 그럴 줄 알았지. 그래, 더 더.　　　　　　　50

트로일러스　할 말을 다 빼앗아갔지 뭐야.

판다러스　말이 무슨 소용이 있겠어요, 행동으로 보이셔야죠. 아니,
　그 행동도 안 먹힐지 모르죠, 그 아이가 왕자님이 남자답다고
　느끼지 못하면요. 아니, 입을 또 맞춰요? 자 "이상의 증거로,
　당사자들이 혼인에 합의함으로……," 안으로 들어갑시다. 내 방을
　따뜻하게 해 놀 테니.

　　　　　　　　　퇴장.

크레시다　안으로 드세요, 왕자님?

트로일러스　아, 크레시다. 이렇게 되길 얼마나 바랐는지 몰라.

크레시다　그러셨군요. 왕자님. 신들이여 보호하소서.

트로일러스　신들에게 뭘 빈 거야? 이 축복의 순간에 뭐라도　　60
　잘못된 거야? 아니 우리 사랑의 샘물 속에서 감춰진
　더러움이라도 본 거냐고?

크레시다 아주 커다란 것이 있어요, 제가 본 것이 맞다면요.

트로일러스 두려움은 천사도 악마처럼 보게 만들지. 결코 제대로
볼 수 없거든.

크레시다 눈먼 두려움을 사리가 밝은 이성이 인도하는 게 눈먼 이성을
두려움이 끌고 비틀거릴 때보다 훨씬 더 안전해요. 최악의 경우를
대비하면 그 경우를 피할 수 있으니까요.

트로일러스 아, 내 사랑, 두려워 마. 큐피드 연극에 등장하는 괴물은
현실엔 없어.

크레시다 흉측스런 괴물이 하나도 없다고요?

트로일러스 없지. 우리 남자들이 말하는 '눈물로 바다를 이룬다,
불속에서 산다, 바위를 씹어 삼킨다, 호랑이를 길들인다.'는
맹세 말고. 아마도 우리가 사랑 때문에 감당하는 어려운 임무보다
여자들이 우리에게 시킬 일을 찾는 게 더 어려울 거야. 이게 사랑 속에
존재하는 괴물이지. 하고 싶은 마음은 끝이 없는데 우리가 할 수
있는 것은 한계가 있거든. 욕망은 그 끝을 모르고 행동은 그 한계를
벗어날 수 없잖아.

크레시다 사람들 얘기는 모든 연인들이 자기가 가진 능력보다
더 한 것을 맹세하고는 항상 가진 능력도 다 쓰려고 하지
않는데요. 열 명 이상의 일을 하겠다고 떠벌리고는
그 십분의 일도 하지 않는 거죠.
목청은 사자인데, 하는 행동은 영락없는 토끼니
괴물이 아니고 뭐겠어요?

트로일러스 사람들이 그래? 근데 난 아냐. 당신이 본 것에 따라 내게 합당한

인정을 해주어야지 않겠어? 당신이 날 인정하는 왕관을 씌워주기 전까지는 난 내 머리 위에 아무것도 올려놓지 않겠어. 미래에 내가 할 일로 미리 당겨 지금 날 칭찬해 달라는 말은 않겠어. 태어나지도 않은 애를 두고 세례를 주지 않는 것처럼. 막상 태어나도 겸손하게 행동해야지. 진실을 증명하는 데 말이 필요하지 않잖아. 크레시다를 90 향한 나에 대해 질투심이란 게 가져올 최악의 결과는 기껏해야 내 성실함을 조롱하는 것뿐. 어떤 진실도 내 진실보다 더 진실할 순 없어.

크레시다 안으로 들어가세요, 왕자님.

판다러스 다시 등장.

판다러스 여태 얼굴을 붉히고 있니? 얘기가 끝나지 않은 거야, 아직?

크레시다 저, 숙부님. 제가 무슨 어리석은 짓을 하든지, 다 숙부님 책임 이에요.

판다러스 그렇게 말하니 고맙구나. 왕자님의 사내아이를 낳으면, 내게 그 아이를 보내거라. 왕자님을 잘 모시고. 혹 왕자님의 잠자리가 부실하거든 나를 원망하고.

트로일러스 이제 확실한 보증을 다 받은 거야. 당신 숙부의 약속이랑 100 내 변함없는 마음.

판다러스 아니, 내 질녀도 보증하죠. 우리 집안사람은 설득하는 데 시간이 좀 걸리기는 하지만, 일단 마음을 정하면 절대로 변하지 않으니까요. 우리 집안사람들이 거머리 같아서 어디든

착 달라붙습니다.

크레시다 이제 좀 담대해져 용기가 생기네요.

트로일러스 왕자님, 지난 긴 세월 동안 밤낮으로

당신을 사모해왔어요.

트로일러스 그런데 왜 내 마음을 쉽게 받아주지 않았어?

110 **크레시다** 쉬운 여자로 보이기 싫었어요. 하지만 마음을 뺏겼죠,

첫 눈에 말이죠. 용서하세요.

속을 너무 털어놓으면, 왕자님께서 함부로 하실까봐 그랬죠.

사랑해요 지금은. 그래도 조금 전까진 이런 맘을 억누르지

못할 정도는 아니었죠. 실은 이것도 사실이 아니에요.

제 맘은 어머니도 어쩌지 못할 정도로 앞뒤 가리지 않는

아이와 다를 바 없네요. 보세요, 우리 여자들이 얼마나 바보 같은지!

내가 왜 이리 조잘댈까요? 우리도 지키지 못한 비밀을

누구보고 지켜 달래?

왕자님을 사랑하긴 하지만, 제가 먼저 고백할 순 없잖아요.

120 그래서 차라리 남자였으면 좋겠어요.

아니면 먼저 고백할 남자의 권리를 가진 여자였다면

하고 바랬어요. 누가 제 입을 좀 막아주세요.

이렇게 흥분해서 얘기하다 보면,

나중에 후회할 말을 내뱉을 게 분명해요. 왕자님의 침묵은

엉큼해요. 제 약점을 이용해서

내 속마음을 끄집어내다니! 누가 내 입을 어떻게 해 줘요.

트로일러스 내가 하지. 달콤한 음악이 흘러나오는 그 입을.

크레시다에게 키스를 한다.

판다러스 아주 좋아, 정말이지.

크레시다 왕자님, 부탁드려요. 절 용서하세요.

입맞춤을 구걸하려 그런 건 아니에요. 130

부끄러워요. 하느님, 제가 뭔 짓을 한 거죠?

그만 가봐야겠어요, 왕자님.

트로일러스 간다고, 크레시다?

판다러스 가다니? 낼 아침까지 시간은 충분하단다.

크레시다 이걸로 충분해요, 감사해요.

트로일러스   왜 기분이 상한 거야?

크레시다 그냥, 저 때문이에요.

트로일러스   숨기지 말고 자신에게 솔직해 봐.

크레시다 절 가게 두세요.

제 반쪽은 왕자님과 함께 있고 싶어 하지만,

다른 반쪽은 사랑 때문에 바보처럼 굴지 말라고

강하게 말하네요. 전 가야겠어요. 140

제 정신이 아닌가? 무슨 소리를 하고 있는 거야?

트로일러스 아니 그렇게 멀쩡하게 얘기하고 있으면서 뭘.

크레시다 아마, 왕자님은 제가 사랑을 고백하는 게 아니라 속임수를 쓴다고

생각하실 지도, 이렇게 솔직하게 털어놔 당신의 마음을 낚으려

한다고

생각할 수도 있겠죠. 왕자님은 지혜로우시니,

그러니까, 당신은 날 사랑하지 않으실 게 뻔해요.

누구도 지혜롭게 사랑할 순 없으니까요. 그건 신만이 가능하죠.

트로일러스 아, 난 여자는 그럴 수 있을 거라 생각해.

실제로 그렇다면, 당신은 반드시 그럴 거라 믿어.

150   그녀는 젊은 시절 사랑을 처음 맹세한 그날 이후

변함없이 사랑의 등불을 타오르게 하며,

사랑이 커가는 마음은 열정이 식는 것보다 빨라

외모보다 오래 견뎌 낼 거야!

당신을 향한 내 진실하고 성실한 마음도

이처럼 순수하게 정제된 사랑에 버금간다고

입증할 수 있는 무엇인가 존재한다고

난 믿어.

그럴 수만 있으면 얼마나 좋을까. 아쉽게도

내겐 기껏해야 진실이 지닌 단순함만 있고

160   어린아이의 순수함뿐이니!

크레시다 그 점에선 저도 왕자님께 뒤지지 않아요.

트로일러스   정말로 멋진 대결인 걸.

선과 선이 만나 누가 더 선한지를 겨루는 대결이니!

훗날 이 세상 연인들은 이 트로일러스의 이름으로

자신들이 하는 사랑의 진실됨을 증명하려 할 테니.

사랑의 증언이나 맹세, 과장된 비교만으로 가득찬 시가

진실을 되풀이 말하는 것이 싫증나 비유를 원하게 될 테니까,

사랑의 진실함이 "강철처럼 강하든가, 달처럼 비옥하든가,

대낮의 태양과 같다든가, 비둘기처럼 다정하다든가,

쇠붙이가 자석에, 만물이 지구의 중심에 끌리듯

하다든가"라 쓰겠지. 이렇게 비유를   170

늘어 논 다음에 이를 뒷받침하기 위해

"진실함이 트로일러스와 같다"로만 끝맺으면

시는 완성되는 거야.

크레시다   선언하신 대로 되길 빌어요.

제가 부정하거나 머리카락 한 올이라도 정도에서 벗어나면,

시간이 한참 흘러 역사조차 잊힐 때라도,

빗방울이 트로이의 돌바닥을 깎아버리고,

모든 도시들이 망각 속으로 잊혀지고,

패권 국가들이 흔적도 없이 사라져

먼지도 남지 않게 되더라도, 제 부정은

사랑에 빠진 부정한 연인들 사이에서   180

생생한 기억으로 남아 비난 받아도 좋아요.

절 "공기나, 물이나, 바람이나 모래바닥처럼

부정하다" 해도 좋고 "어린 양을 노리는 여우, 암송아지를 탐내

    는 늑대,

암사슴을 쫓는 표범, 자식을 구박하는 계모처럼 부정하다" 해도

    좋아요.

그래요, 누구의 부정을 심판할 때면 "부정함이 크레시다와 같다"라고

말하면 되죠.

판다러스 자, 자, 거래가 이루어졌으니 도장을 찍읍시다, 도장을. 내가

증인을 서리다. 왕자님 손을 이리로, 여기 이 아이 손 위로 주세요.

둘 중 하나라도 서로에게 거짓된 것이 밝혀지면, 내가 둘을

같이 엮으려고 고생했으니 모든 불쌍한 중매쟁이는 내 이름을

따라서 판다러스라 부릅시다.

그리고 모든 진실한 남자는 트로일러스,

모든 부정한 여자는 크레시다, 그리고 모든 중매쟁이는 판다러스

라 부릅시다!

자, "아멘"하세요.

트로일러스 아멘.

크레시다 아멘.

판다러스 아멘. 자, 이젠 침대 방으로 안내해 드리죠.

그 침대가 두 사람의 행복한 만남을 얼마나 표현할 수 있는지

어디 한 번 봅시다. 침대를 작살내 보세요. 들어가요.

트로일러스와 크레시다 퇴장.

큐피드야, 이곳에 부끄럼타는 모든 아가씨들에게

침대, 방 그리고 이 모두를 마련해 줄 중매쟁이가 있음을 알려라.

퇴장.

3장

나팔 소리.
아가멤논, 율리시즈, 네스터, 디오메네스, 에이잭스, 메넬라우스
그리고 칼카스 등장.

칼카스 자, 여러분, 제가 행한 공적에 대하여 지금이야말로

보상을 받을 마땅한 때라 당당히 요청 드리는

바입니다. 기억을 되짚어 보십시오.

전 앞으로 닥칠 일을 짐작하여

조국 트로이를 버리고 전 재산도 버렸습니다.

반역자란 낙인도 감수하며

안정되고 풍요로운 삶을 내던지고

불확실한 운명에 제 몸을 맡겼죠.

제 천성이 익숙하고 친숙했던

세월, 인간관계, 관습 그리고 환경을 다 등지고   10

여기 모든 게 새롭고 낯설어 익숙하지 못한 세계로

뛰어든 것은 오직 여러분들께 봉사하기 위해서였지요.

청하건대, 맛보기로라도

작은 성의를 제게 보여주십시오.

언제든지 주시겠다고 약속한 많은 호의들 중

한 가지를 지금 제게 베풀어주십시오.

아가멤논 우리에게 뭘 바라는지, 말해보시오.

칼카스 여러분 수중엔 어제 잡은 안테노란 포로가 있습니다.

트로이에서 매우 귀한 대접을 받던 자입니다.

종종 감사드렸습니다만, 장군께서는 제 딸년인

크레시다와 몇몇 중요한 포로들과 교환하자고 하셨죠.

허나 트로이가 이를 거절하고 있습니다. 그러나 이 안테노란 자는

제가 알기에 트로이의 국정에 있어 매우 중요한 인물이라

그의 참여가 없으면 모든 국정운영이 차질을

빚게 됩니다. 그러니까 그자를 되찾아오기 위해

프라이엄의 핏줄인 왕자 한 명이라도 내놓을 것입니다.

그러니 그자를 보내주십시오.

내 딸을 찾아올 수 있도록 말입니다. 제 딸만 돌아온다면

제가 지금까지 어떤 고난을 무릅쓰고서 바쳐온 봉사에 대한

모든 보상을 받은 셈 치겠습니다.

아가멤논   디오메데스에게 처리를 맡겨

크레시다를 이곳으로 데려오게 하시오.

칼카스의 요청을 받아주겠소. 디오메데스 장군,

이 상호교환이 잘 성사되도록 만전을 기해주시오.

그리고 내일 헥토르가 도전에 응할지 여부도

함께 알아봐주시오. 에이잭스는 준비가 되었으니.

디오메데스 분부대로 시행하겠습니다. 이 임무를 맡겨주셔서

영광입니다.

디오메데스와 칼카스 퇴장.
아킬레스와 파트로클러스가 자신들의 군막 입구에 등장.

율리시즈 아킬레스가 자기 군막 입구에 서 있군요.

장군께서는 그 옆을 지나칠 때 마치 그자를

모르는 양 눈길도 주지 마십시오. 다른 장군님들도   40

모두 무사하며 안중에도 없는 척하셔야 합니다.

제가 맨 나중에 가지요. 그러면 분명 제게 물을 테죠.

어째서 다들 탐탁지 않은 얼굴로 쳐다보고 등을 돌리는 까닭을요.

그러면, 제가 그에게 여러분의 낯선 태도와 그의 오만함 때문에

  벌어진

사이를 치유해 줄 치료법이 있다고 설명을 해줄 겁니다.

아킬레스는 그게 뭔지 몹시 알고 싶어 하겠죠.

효과가 있을 것입니다. 거만한 자 눈에는 거만 밖에 안 보이죠.

거만한 자 앞에 무릎을 굽히면 오히려

거만함이 더 커지고 그 콧대만 높여 줄 따름이죠.

아가멤논 당신의 의도대로 합시다. 우리 모두 옆을   50

지나칠 때 모르는 척하는 것이오.

각자 그렇게 하고, 인사말도 건네지 마시오.

거드럭거리시오. 아예 못 본 척하는 것보다

더 열 받게 만들 테니. 내가 앞장서리다.

대열을 지어 아킬레스의 군막을 지나간다.

아킬레스 (파트로클러스에게) 뭐지, 아가멤논이 내게 할 말이라도 있는 건가? 내 뜻을 알고 있겠지, 난 트로이와 싸울 생각이 없거든.

아가멤논 (네스터에게) 아킬레스가 뭐라 하는가요? 무슨 용무라도 있답니까?

네스터 (아킬레스에게) 장군께 무슨 하실 말씀이 있으시오?

아킬레스 아니오.

60 **네스터** 없답니다, 장군.

아가멤논 잘됐네.

아가멤논과 네스터 퇴장.

아킬레스 (메넬라우스에게) 안녕하십니까?

메넬라우스 안녕하십니까, 잘 지내시죠?

퇴장.

아킬레스 저 마누라 간수도 못하는 놈이 비웃어?

에이잭스 여봐, 파트로클러스!

아킬레스 좋은 아침이오, 에이잭스.

에이잭스 아!

아킬레스 좋은 아침 아닙니까?

에이잭스 그래요, 내일도 그러겠죠.

퇴장.

70 **아킬레스** 이자들이 왜 이러지? 날 못 알아보는 건가?

파트로클러스 지나가는 모양이 이상하네요. 예전엔 아킬레스에게

굽실거리고 미소를 던지던 자들 아니던가요,

가면 마치 신전 제단 앞을 기듯 몸을 낮추던

자들이 말이었는데.

아킬레스   뭐지, 이젠 내가 별 볼 일 없게 된 건가?

아무리 위대한 자라도 한 번쯤 운명으로부터 버림을 받게 되면,

사람들에게 수모를 당하게 되는 법이지. 그렇게 실각하는 것은

스스로 느끼기가 무섭게 다른 이들의 눈빛 속에서도

알 수 있거든. 인간이란 나비와 같아서

여름 한철에만 그 화사한 날개를 보여준단 말이야.

인간은 단지 인간이기에 존중받는 게 아니야.   80

지위나 재산, 총애처럼 겉으로 보이는

명예 때문에 존중을 받는 거야. 그런 것들은

성공의 대가이기도 하나, 우연히 얻은 상이기도 하지.

세상인심처럼 약한 기초 위에 세워진 상이라

몰락하면 금세 무너진단 말이지.

하나가 무너지면 다른 하나도 무너져 몰락과

동시에 모두 사라지지. 물론 내 경우는 다르지만.

난 운명과 친구이니까. 여전히 난 저들이 관심을 둘

모든 것을 갖추고 있으니.

그런데 내 생각엔 저들이 나를 예전처럼   90

대하지 않을 뭔가를 찾아낸 게

아닌가 해. 여기 율리시즈가 오는군.

독서를 좀 방해해야겠는걸.

안녕하시오, 율리시즈!

율리시즈   아이고, 위대한 테티스[10]의 아들 아니신가!

아킬레스 뭘 보고 계시오?

율리시즈   이상한 작가가 여기 이렇게

써놨지 뭡니까. 아무리 좋은 자질을 타고 나도,

안팎으로 가진 게 아무리 많다 하더라도,

남들이 이를 인정해주지 않으면,

자신이 가진 것 이상으로 자랑하지도

100   못하고 자기 것을 누릴 수도 없구나.

쉽게 말씀드리면, 가는 게 있어야

오는 게 있다 이런 말씀이죠.

아킬레스   전혀 이상하지 않소, 율리시즈.

여기 내 얼굴에 깃든 수려함을 스스로는

잘 모르거든, 남들이 알아봐주지 않으면 말이야.

가장 순수한 감각의 정수인 눈도 스스로

자기를 보지 못하고, 홀로 떨어질 수도 없지 않소?

눈도 다른 눈과 마주보아야 서로의

형상을 알아 볼 수 있는 것이지.

시각이란 자기를 바라볼 수 없이

110   여기저기 돌아다니다 자기를 비춰줄 거울을

---

10. 테티스(Thetis): 바다의 여신으로 영웅 펠레우스(Peleus)와 결혼하여 아킬레스를 낳음.

발견하고서야 생기는 것이니 하나도 이상할 게 없어.

율리시즈   그 점에 대해선 내 생각도 다르지 않소.

잘 알려진 이야기니까요. 저자가 분명하게

주장하는 요점은

아무리 많은 능력을 안팎으로 가졌더라도

다른 사람들 앞에 드러내지 못하면 진정

그것을 가졌다 주장하지 못한다는 거죠.

그걸 사용해서 다른 이들의 갈채로 인정을 받아야만

진정으로 자기의 가치를 알 수 있단 말이 아닙니까?

이건 마치 둥근 천장이 당신 목소리를 울려주는 것이나   120

태양을 마주한 강철 대문이

빛과 열기를 받아 반사시키는 것처럼

당연한 말이죠. 이 생각에 몰두하다 보니

무명의 에이잭스란 자가 떠오르지 뭡니까.

아, 세상에 그런 자가 또 어디 있겠습니까.

그는 자신이 가진 능력이 무엇인지 잘 모르는 말과 같은 자이죠.

세상엔 가치가 없다고 여겨지는 것이 많지만

실상에 유익한 것들이 많고,

사람들이 귀하다 여기는 것들 중에 태반은

쓸모없는 것들이죠. 자, 내일이면 운명이 에이잭스의 편에   130

서서 그가 명성을 얻게 되는 것을 보게 될 것입니다.

우습죠, 누군 할 일을 피해 꽁무니를 빼는데

누군 그 일을 하겠다고 나서니.

누군 변덕스런 운명의 여신의 방에 들어가 애걸하는가 하면

누군 바로 그 여신이 준 것을 뿌리치니까요.

누군 남의 영광을 가로채는 동안

거만한 자는 그 거만함으로 제 것도 챙겨먹지 못하니.

그리스의 장수들 보시오. 이미 대중은

마치 그 발아래 용맹한 헥토르의 가슴팍을 짓누르고,

140   트로이는 온통 겁에 질린 것처럼

에이잭스의 어깨를 두드리고 있는 것을요.

아킬레스 이제 알 것 같군. 조금 전에 저들이 내 앞을 지나칠 때

마치 구두쇠가 비렁뱅이를 보듯이 내게 인사말은커녕

눈길도 주지 않은 이유를. 내가 세운 공을 잊었단 말이지?

율리시즈 시간은 등에 맨 가방 속에

망각에게 줄 선물로

배은망덕이란 괴물을 넣고 다니죠.

이 선물의 부스러기들이란 게 지난날의 업적인데,

쌓기가 무섭게 게걸스럽게 잡아먹혀 버려

150   잊혀 버리죠. 잘 보존하면 명예를

빛나게 하지만 그대로 내버려두면 장식장에 걸려있는

녹슨 갑옷 마냥 당신도 오래된

훈장처럼 잊히게 됩니다. 그러니까 계속 움직이셔야죠.

영광을 얻는 길은 한 번에 겨우 한 사람이 지나갈

아주 좁은 길을 걷는 것과 같으니, 그 길에 단단히 서 계십시오.

글쎄 경쟁이란 놈의 천 명이나 되는 자식들이

한 줄로 서서 서로 앞서기를 다투니 말입니다. 길을 내주거나

바로 가는 길에서 조금이라도 옆으로 빠지면,

그놈들이 밀물처럼 사정없이 몰려와

당신을 맨 뒤로 밀어낼 테니까요.   160

아니면, 선두에서 달리던 용감한 말이 쓰러지면,

뒤따라온 겁쟁이 무리에게 짓밟고 뛰어넘어갈 발판이

되어주는 꼴이죠. 지금 다른 작자들이 하는 일이란 게

당신이 과거에 쌓은 업적에 미치지 못하지만 당신을 넘어뜨릴 것

　이오.

시간은 유행에 민감한 여관 주인 같아서

떠나는 손님에게 겨우 짧은 손 인사를 건네고 말지만,

새로 오는 손님에게는 날개 짓하듯 양팔을 벌려

안으며 반겨주지요. 맞이할 때는 미소가,

이별할 때는 한숨이 인지상정 아닙니까. 지나간 일을 두고

보상을 구하는 것은 미덕이 아니지요.   170

아름다움, 지혜,

고귀한 핏줄, 체력, 헌신,

사랑, 우정 그리고 자비도 질투심 많고 모함을 일삼는

시간의 먹잇감에 불과하니까요.

세상 사람들 모두가 공통적으로 지닌 한 가지 약점이 있는데

바로 새로 나온 것이면 뭐든지 간에 모두 반긴다는 것이죠.

비록 그게 예전 것을 재활용해서 다시 만든 것인데도 말이죠.

먼지가 좀 쌓인 황금보다는

반짝거리는 하찮은 물건에 더 열광하는 꼴이죠.

완벽하고 위대한 분이시여. 모든 그리스 장병이 에이잭스를

존경한다는 것에 그리 놀라지 마십시오.

가만히 있는 것이 아니라 움직이는 물체가

사람들의 이목을 끄는 법입니다. 한때 사람들은 당신에게

환호를 보냈죠. 아마 지금도 그렇고, 또 그럴 테죠.

허나 아킬레스 당신이 스스로를 산 채로 묻은 거처럼

두문불출하거나, 당신의 그 명성을 군막 속에만 가둬 둔다면,

최근 전장에서 세운 그 빛나는 전공들을 두고

신들조차 서로 제 것이라 다투고, 군신 마르스조차

분당에 휩쓸리고 맙니다.

190 아킬레스   내가 이렇게 혼자 있는 건

분명한 이유가 있어서요.

율리시즈   그렇게 혼자 있어서는 안 된다는

더 강력하고 거부할 수 없는 이유가 있지요.

아킬레스, 당신이 프라이엄의 딸 중 하나와 사랑에

빠져있단 사실은 이미 알고 있소.

아킬레스   하, 알고 있다고?

율리시즈   왜, 놀라셨습니까?

국정을 주의 깊게 살피려는 통찰력은 플루토가 지닌 황금알 하나

하나까지

알 수 있듯 모든 것을 파악해서 헤아릴 수 없는 큰 바다의 깊이도

알아내고,

생각만큼이나 빠르게 움직여 마치 신처럼 아직 요람 속에서 나오

　지도 않은

당신이 생각을 미리 파악할 수 있죠.

국가의 영혼에는 어느 누가 쉽게 뭐라 정의할 수 없는　　　　　　　200

신비성이 존재하지요.

그것이 작동하는 방식의 신성함은 감히

말이나 글로 표현이 불가능합니다.

당신이 트로이와 벌였던 모든 교섭에 대해

우리 역시 하나도 빠짐없이 알고 있소.

폴리세나보다는 헥토르를 쓰러뜨리는 것이

아킬레스에게 더 어울리는 행동 아니겠소?

그리스 여러 섬들에 이런 소문이 퍼지게 되면

분명히 고국에 있는 당신 아들 필러스가 매우 괴로워할 것이고,

그리스 처자들은 춤을 추며 노래를 할 것이오.　　　　　　　　　210

"위대한 헥토르의 누이를 차지한 것은 아킬레스 님이고.

용감하게 헥토르를 물리친 것은 우리 위대한 에이잭스 님이다!"

잘 계시오, 장군. 우정 때문에 말씀드리는데,

호랑이 없는 골에 토끼가 왕 노릇 하는 법입니다.

　　　　　　　　　　　퇴장.

파트로클러스　전에 내가 비슷한 얘기를 한 적이 있잖아.

　　　전쟁 중엔 수치심을 모르고 사내같이 행동하는

　　　계집보다 계집아이 같아진 사내가 더 흉하지

내가 지금 그런 욕을 먹고 있다고.

세상 사람들은 내가 겁쟁이고 자네가 나를

220 아끼는 마음 때문에 싸우지 않는다고 생각해.

친구, 나가 싸워. 그러면 나약하고 욕심 많은 큐피드도

네 목을 잡은 손을 풀지 않겠어?

사자의 갈기에서 맺힌 이슬방울이 떨어지도록

공기를 박차고 나가.

아킬레스　　　　　　　　에이잭스가 헥토르와 싸운다고?

파트로클러스　그래, 그 때문에 큰 명성을 얻게 되겠지.

아킬레스　내 명성이 흔들리겠는 걸.

잘못하면 치명타를 입겠어.

파트로클러스　　　　　　　그러니까 조심해야지.

스스로 자초한 상처는 치료가 잘 안되잖아.

해야 할 일을 하지 않은 것은

230 어떤 위험도 감수하겠다며 백지수표를 건네는 것과 같아.

우리가 태양 아래서 느긋하게 즐기는 동안이라도

위험은 열병처럼 우리에게 엄습해 올 거야.

아킬레스　가서 서사이테스를 불러와, 파트로클러스.

내 그 바보를 에이잭스에게 보내 결투가 끝나면,

트로이 장수들을 여기 비무장으로 있는 내게 오라

초대하는 부탁을 좀 해야겠어. 여인이 뭔가 갈망하는 듯

구는 게 미칠 노릇이나, 갑옷을 벗은 헥토르를 만나

그와 같이 거닐고, 얼굴도 쳐다보고

싶단 말이지, 아주 실컷.

서사이테스 등장.

부르러 갈 수고를 덜게 됐군. 240

서사이테스 놀랍군!

아킬레스 뭐가?

서사이테스 에이잭스가 들판 위에서 왔다 갔다 하며 혼잣말을 중얼거리고
있으니.

아킬레스 그래서 뭐?

서사이테스 내일 아침이면 헥토르와 홀연 단신 결투를 벌일 텐데,
헥토르에게 멋지게 한방을 날릴 것을 어찌나 확신하는지
알 수 없는 말을 흥얼거리고 다닌다니까요.

아킬레스 뭘 한다고?

서사이테스 아니, 공작새가 주눅 들지 않은 걸음걸이로 한 걸음 걷다 서고 250
하듯 이리저리 왔다 갔다 하다가, 계산도 할 줄 모르는 여주인이
머릿속으로 암산하는 듯 멈춰 서서 뭔가를 깨달은 표정으로
입술을 깨무는 게 "이 머릿속의 지혜를 너희들이 곧 보게
될 것이다!"라고 말하는 듯 하다니깐. 물론 그럴 수도 있지만요.
근데 그놈 머릿속 지혜란 게 부싯돌 때릴 때 일어나는 불 정도라
그 돌대가리를 마구 때려야만 볼 수 있으니 문제죠. 그놈은 영원
히 끝입니다요.
만약에 결투 중에 헥토르가 그놈 모가지를 부러뜨리지 않아도,
자만심에 으스대다 제 자신을 망칠 놈이니까요. 날 못 알아보기

까지 하더군요.

"안녕하시오, 에이잭스" 하니, 글쎄 "고맙습니다, 아가멤논" 그러

지 뭡니까.

날 총사령관으로 착각하는 이자를 어떻게 생각하세요?

제 생각엔 뭍에서 사는 물고기, 소리 못 지르는 괴물처럼 해괴망

측한 놈인데.

염병할 세상인심이야 양면 가죽조끼를 갈아입듯 이편저편 붙으니.

아킬레스 날 대신해서 에이잭스에게 좀 다녀와야겠어, 서사이테스.

서사이테스 누가, 내가요? 아니, 그놈은 아무하고도 얘기 안 할 겁니다.

그럴 거라

공언을 했어요. 말은 거지들이 구걸할 때 하는 것이고, 지는 전쟁

터에서

행동으로 보여준다나. 내가 그놈 흉내를 내 볼 테니, 파트로클러

스 보러

뭐든 시켜보라고 해보세요. 제가 제대로 에이잭스를 연기해

보여드립죠.

아킬레스 뭐든 말을 걸어봐, 파트로클러스. 용감하신 에이잭스 님에게

세상에서 가장 용맹스런 헥토르 님께 요청 드리길 내 군막에

비무장으로 오시기를 정중히 원한다고 말해봐.

그리고 신변안전에 대한 보장은 세상에서 가장 관대하시고 탁월

함으로

칭송을 받아 수많은 명성을 쌓으신 그리스군 총사령관 아가멤논께

청한다는 등 이런 거 말이야.

파트로클러스 신이시여 에이잭스 장군을 굽어 살피소서!

서사이테스 어흠!

파트로클러스 아킬레스 장군의 심부름으로 왔습니다.

서사이테스 그래?

파트로클러스 헥토르를 그분의 군막으로 모셔 오시기를 장군께

　　　　　　　청하신다고.　　　　　　　　　　　　　　　　　　　280

서사이테스 어흠!

파트로클러스 그리고 아가멤논 사령관으로부터 신변안전 약속을 받아오

　　　　　　　시길 부탁드린답니다.

서사이테스 아가멤논?

파트로클러스 예, 장군.

서사이테스 하!

파트로클러스 뭐라 전할까요?

서사이테스 진심으로 안녕히 사시오.

파트로클러스 답을 주셔야지요.

서사이테스 내일 날씨가 좋으면 열한 시까지 좌우지간 결판이

　　　　　　　날 것이오. 또 어떤 결과든 간에 날 업신여긴 것을　　290

　　　　　　　후회하게 될 거요.

파트로클러스 장군, 그러니까 답을.

서사이테스 잘 돌아가시오.

아킬레스 설마 그런 식으로 말하지는 않겠지, 그렇지?

서사이테스 아니요, 그잔 항상 이런 식으로 말하죠.

　　　　　　　헥토르가 그놈 머리통을 까부술 때 어떤 소리를 들려줄지 모르나

한 가지 확실한 것은 아무 소리도 안 날 거란 거죠. 아폴로 신이[11]
그자의 근육에서 힘줄을 뽑아 현악을 연주할 때는 빼고요.

아킬레스   이리 와봐. 지금 즉시 이 편지를 그자에게 전해.

300 **서사이테스**   그자의 말에 전할 편지 하나를 더 주세요. 그놈 말이 더 말귀를
알아들을 테니까요.

아킬레스   샘물을 휘저어 흐려놓듯이 내 마음에 생각이 뿌옇게 일어나
그 바닥을 볼 수 없구나.

아킬레스와 파트로클러스 퇴장.

서사이테스   마음의 샘이 다시 맑아져야지. 그래야 내 당나귀를 데려와
물이라도
먹일 게 아닌가. 용감하고 무식한 자가 되느니 차라리 양에 붙은
진드기가
되는 편이 더 낫겠다.

퇴장.

---

11. 아폴로(Apollo): 태양의 신이며 음악과 음율의 신이기도 함.

4막

1장

트로이 거리

한쪽 문으로 아에네아스와 횃불을 든 하인이 등장한다.
반대편 문으로 패리스, 데이포버스, 안테노, 그리스의 디오메데스
그리고 다른 이들이 횃불을 들고 등장.

패리스 이봐, 거기 누군가?

데이포버스 이분은 아에네아스이시다.

아에네아스 왕자님께서 직접 나오셨습니까?

제가 패리스 왕자님처럼 침대에서 늑장을 부릴 합당한
이유가 있다면야, 잠자리 상대를 내버려 두고 나오진
않았겠죠. 이렇게 엄중한 현안이 아니라면 말이죠.

디오메데스 나도 같은 생각이오. 아에네아스.

패리스 용맹한 그리스의 아에네아스, 자 악수부터 합시다.

우선 당신이 한 얘기가 사실인지 확인해 봅시다.

10   전장에서 디오메네스가 일주일 내내 당신 꽁무니를

쫓아다녔다는 거 말이오.

아에네아스   건강을 기원하오, 용감한 자여!

지금 평화로운 휴전에 대한 이야기를 나누고 있긴 하나,
전장에서 마주치게 된다면 가슴에 결의나 용기가 주는
힘을 다해 당신과 맞서 싸울 것이오.

디오메데스 그 무엇이든 이 디오메데스는 상관없소.

지금은 모든 게 평화로운 상태니, 나도 장군의 건강을 기원하오!

허나 전쟁터에서 서로 맞닥뜨리면

신께 맹세컨대, 내가 가진 힘, 스피드 그리고 기교를 다 써서

당신의 목숨을 노리는 사냥꾼이 될 것이오.

아에네아스 그러면 당신은 머리를 뒤로 돌리고 도망치는 사자를   20

사냥해야 할 것이오. 아무튼 도리를 아는 형제애로

트로이에 오신 걸 환영하오! 자, 내 부친이신 앤타이세스의

목숨을 걸고 진심으로 환영하고, 또 모친이신 비너스의 손을

두고 맹세하건대, 세상에 어느 누구도 죽이겠다고 마음먹은 자를

나만큼이나 사랑할 수 있는 없을 것이오.

디오메데스 동감이오. 주피터 신이여, 아에네아스의 목숨을 내 칼로

거두는 것이 욕되는 일이라면 이자를 오래오래 살아 천년동안

떠오르는 태양을 보게 하소서!

그러나, 영광을 향한 나의 마음은 당신의 사지 마디마디마다

칼집을 내 목숨을 거두라 하는군요, 내일 당장이라도 말이죠.   30

아에네아스 우리는 서로 잘 통하는군.

디오메데스 그렇소, 우린 서로를 잘 알고 싶어 하지.

패리스 이렇게 서로를 무시하면서 예의를 갖춘 인사가 또 있겠소,

참으로 들어보지 못한 고귀한 애증이 아닌가요?

그나저나 무슨 일로 이리 일찍 온 것이오?

아에네아스 국왕께서 찾으셔서 왔습니다만, 이유는 모릅니다.

패리스 그 이유는 바로 당신 앞에 있는 이 그리스인을

칼카스의 집으로 안내해서 풀려날 안테노와 교환할

사랑스런 크레시다를 넘기기 위한 것이오.

₄₀ 같이 갑시다. 아니 괜찮다면,

앞서 가시오. (아에네아스에게 방백) 내 확신하건대,

당신도—

그리 생각할 것이 분명한데,

내 동생 트로일러스가 오늘밤 거기 있소.

그 아이를 깨워 우리가 가는 것을 알려주고

이유도 상세히 설명해 주시오. 우리가

환영받지 못할까봐 걱정이오.

아에네아스 (패리스에게 방백) 분명히 그럴 테죠.

트로일러스 왕자님은 트로이에서 크레시다를 내어주기보단

차라리 트로이를 그리스에 내주는 것을 택할 겁니다.

패리스 (아에네아스에게 방백) 다른 방법이 없지 않소.

가혹한 시대가 강요하는 것을 어찌하겠나.

₅₀ 먼저 가시오, 곧 따라 가겠소.

아에네아스 모두 안녕히 계십시오.

횃불을 든 하인과 퇴장.

패리스 말해보시오, 존경하는 디오메데스, 솔직하게 말해보시오.

참다운 우정의 정신으로 말이오.

당신 생각엔 아름다운 헬렌을 차지하는 것이

누구에게 더 합당한 것 같소, 나요 메넬라우스요?

디오메데스   두 분 다 피장파장입니다.

한 분은 헬렌이 다른 남자와 정분이 났다는 사실을 개의치 않고,

이와 같은 지옥과 같은 고통을 참고, 막대한 비용을 치러가며

그녀를 되찾으려 하시니 합당하시죠.

왕자님께서도 그녀의 불명예를 신경 쓰지 않고,

막대한 인명과 재산을 희생시켜가며 그녀를 되찾으려는 자로부터 60

지키고자 하시니 또한 합당하시죠.

그는 어리석은 오쟁이 진 남편이 바람난 여편네

찾는 심정으로 술통의 찌꺼기나 홀짝이고,

왕자님은 호색한처럼 음탕한 여자와 놀다가

자식을 보는 것을 괘념치 않으니 대단들 하십니다.

둘 중 어디 하나로 확실하게 치우치는 경우가 없으니 두 분 다 합

  당하네요.

근데 창녀를 데리고 사는 것에 대해 어느 쪽이 더 죄책감을 느낄

  까요?

패리스 제 나라 여인을 두고 너무 가혹하게 말하는군.

디오메데스 그 여자가 조국에 한 짓을 아셔야죠. 보십시오, 왕자님.

그 여자의 음탕한 혈관 속을 흐르는 피 한 방울 한 방울마다 70

그리스인 한 사람 한 사람이 목숨을 잃었고, 그녀의 썩은

살덩이에서 떨어진 작은 부스러기에 트로이인이

하나 둘 죽어나갔죠. 그녀가 말을 배워 내뱉은

말 수보다 그녀를 위해 죽은 그리스인들과 트로이인들의 수가

훨씬 더 많습니다.

패리스 선량한 디오메데스, 장사치마냥 흥정을 잘하는구려.

당신이 사고 싶은 물건의 값을 깎아 내리려 하지만,

우린 같은 방식으로 하진 않네.

우린 비싼 값을 받으려 일부러 부풀리고 그러진 않아.

80   그게 우리 방식이지.

퇴장.

2장

트로이. 크레시다의 집 내정

트로일러스와 크레시다 등장.

트로일러스 자기야, 나오지 마. 아직 아침은 추워.

크레시다 알았어요, 왕자님. 그럼 숙부님보고 내려오시라고 할게요.
대문을 열어야 하니까요.

트로일러스　　　　　　판다러스도 그냥 놔둬.
침대로 돌아가! 그 귀여운 눈을 다시 감고 잠이나 자자.
그리고 고민 없는 갓난아이처럼 당신 마음속 생각을
비워버리라고!

크레시다　　　　그럼, 안녕히 가세요.

트로일러스 어서, 침대로 돌아가라니까!

크레시다　　　　　　　제가 벌써 귀찮아진 거예요?

트로일러스 아, 크레시다. 종달새 소리에 잠을 깬 이 분주한 아침이
시끄러운 까마귀를 시끌벅적하게만 만들지 않고,
꿈만 같던 어젯밤이 우리 기쁨의 비밀을 계속 지켜줄 수 있었다면　10
이처럼 널 떠나지 않지.

크레시다　　　　　밤이 너무 짧아요.

크로일러스 저주받을 마녀 같은 밤! 악한 마음을 품고 있는 자들과는

지옥처럼 끝도 없이 같이 지내면서 사랑하는 연인에게선

생각보다 더 잽싸게 날개를 달고 날아가 버리니.

그러다 감기에 걸리면 날 원망하겠군.

크레시다   제발 좀 더 있다가요.

모든 남자들은 한 속에 오래 있지 못해요.

아, 바보 같은 크레시다! 마음을 쉽게 열지 말았어야 했어.

그랬으면 왕자님이 더 있었을 텐데. 어머! 누가 일어났나 봐요.

판다러스 (안에서) 아니 왜 대문이 죄다 열려있지?

20 **트로일러스** 당신 숙부군.

크레시다 지옥에나 가실 양반! 이젠 날 놀리시겠지. 난 계속

시달리게 될 거에요.

판다러스 등장.

판다러스 아이고, 반갑구나, 반가워! 처녀딱지는 비싸게 받고 떼 주었냐?

여보시오 아가씨. 혹시 우리 처녀 크레시다 못 보셨냐?

크레시다 가서 목이나 매세요. 짓궂게 놀리는 숙부!

부추겨 시키실 때는 언제고 이젠 그것 갖고 놀리세요?

판다러스 뭘, 뭘 시켰다고? 그래 네 얘기 좀 들어보자. 내가

뭘 부추겼다고?

크레시다 그만하세요. 양심에 화인(火印) 맞은 철면피 같은 양반!

30 다른 사람들이 다 숙부님같이 상처를 받지 않는다 생각하시죠.

판다러스 하, 하! 가엾어라, 불쌍한 것! 반병신 같으니!

어제 한숨도 못 잔거냐? 그 몹쓸 양반이 한숨도

재우지 않았더냐? 귀신 보고 잡아가라 해야겠네.

크레시다 제가 말씀드리지 않았어요? 누군가 이분 머리를 박살 내야 한다고!

안에서 노크 소리가 들린다.

누가 온 거지? 숙부가 나가 보세요.

왕자님은 다시 제 방으로 들어가세요.

바라보고 웃으시네요, 제가 뭔가 음탕한 생각이라도 한다는 듯이요.

판다러스 하, 하!

크레시다 얼른요, 잘못 짚으셨어요. 그런 게 아니에요.

안에서 노크 소리가 들린다.

정말 고집스레 노크를 하네! 제발 안으로 들어가세요.   40

트로이의 절반을 준대도 왕자님이 여기 계신 것을 알리지 않을 테니.

트로일러스와 크레시다 퇴장.

판다러스 누구시오? 무슨 일이십니까? 아니 대문을 박살이라도 낼 작정이오? 아니, 대체 무슨 일이냐니깐?

아에네아스 등장.

아에네아스   좋은 아침이오, 영감, 안 그런가?

판다러스   이게 누구신가? 아니 아에네아스 님! 진심으로

몰라봤습니다. 어쩐 일로 이렇게 이른 시각에?

아에네아스   트로일러스 왕자님께서 계시진 않소 여기?

판다러스   여기요? 여기 계실 일이 없으시죠.

아에네아스   참, 여기 계신 줄 알고 왔으니. 거짓말하지 말게.

아주 중요한 일로 직접 드릴 말씀이 있다니까.

50 **판다러스**   여기 계신다고요? 전 모르는 일이죠, 맹세할 수 있습니다.

저도 어제 늦게 들어와서 그런데, 왕자님이 뭔 볼일이 있어

오셨겠습니까 여기에?

아에네아스   아니, 그만하시오. 어허, 잘 모르나 본데 지금 왕자님께

잘못하고 계시오. 왕자님께 약속을 지킨다고 애쓰는데 그게

오히려 왕자님께 해를 끼치는 일이라니까. 왕자님이 여기

안 계신다고 말하는 건 좋으니, 일단 가서 모셔 오시오.

당장.

트로일러스 등장.

트로일러스   아니, 무슨 일 땜에 그러시오?

아에네아스   왕자님, 문안인사 드릴 틈도 없이 사안이

매우 다급합니다. 여기로 금방

60   형님이신 패리스 왕자님과 데이포버스,

그리스의 디오메데스 그리고 우리 쪽으로 송환된 안테노가

올 것입니다. 그의 송환에 대한 대가로 즉시 우리는

신들에게 오늘 첫 제사를 올리기 전에 한 시간 이내로

디오메데스 손에 크레시다 아가씨를 넘겨 드려야

합니다.

트로일러스　　그리 결정된 거야?

아에네아스　프라이엄 국왕과 각료 회의에서 결정된 사안입니다.

그들이 곧 도착해서 실행에 옮길 것입니다.

트로일러스　이 무슨 짓궂은 운명의 장난인가!

가서 그들을 만날 테니, 아에네아스. 우린

우연히 만난 것이고, 내가 예 있던 건 못 본 것이오.　　70

아에네아스　예, 예, 왕자님. 제 입을 열기보단 자연의 비밀을

파헤치는 게 더 쉬울 것입니다.

트로일러스와 아에네아스 퇴장.

판다러스　이럴 수가 있나? 손에 넣자마자 잃어버리다니.

악마야 안테노를 잡아가라! 젊은 왕자가 곧 돌아버리겠군.

염병할 안테노! 그리스 놈들아 그놈의 목을 꺾어놨어야지.

크레시다 등장.

크레시다　왜, 왜, 무슨 일이에요? 누구였죠?

판다러스　아～! 아～!

크레시다　왜 땅이 꺼질 듯한 숨을 쉬세요? 왕자님은요?

가셨어요? 말씀 좀 해주세요, 숙부님. 어찌 된 일인지?

80 **판다러스** 허영의 끝은 추락이라는 것을 알았어야

하는데!

크레시다 하나님 맙소사! 무슨 일이냐고요?

판다러스 제발 부탁인데, 안으로 들어가 있어라. 넌 태어나지 말았어야

했구나. 네가 왕자님을 잡아먹을 줄 알았거늘. 가엾은 왕자님!

염병할 안테노 이놈!

크레시다 숙부님, 제발. 이렇게 무릎을 꿇고 부탁드려요.

무슨 일이에요?

판다러스 너가 떠나야 한단다, 아가야. 네가 가야 한다고.

네가 안테노의 교환조건으로 네 아비 곁으로 가게 되니,

90 트로일러스 왕자님과 헤어질 게다. 왕자님은 못살 거야.

너 떠나면 왕자님은 망가지지 않겠니? 견디지 못할 텐데.

크레시다 신이 원망스러워요. 전 아무 데도 안 가요!

판다러스 넌 가야 돼.

크레시다 아니요, 숙부님. 전 아버지를 몰라요. 우리 사이에

부모자식 사이 정은 눈곱만치도 남아있지 않은 걸요.

친척, 애정, 혈육, 영혼이니 해도 제겐 사랑하는

트로일러스만큼 소중한 건 없어요. 오, 신이시여!

만약 이 크레시다가 트로일러스를 떠난다면,

배반의 왕관에 제 이름을 새겨 넣으세요.

100 그리고 세월이든, 권력이든, 죽음이든 제 육신이

어떤 극한의 것을 감당해야 하더라도 제 사랑의 굳은 기초와

모습만은 만물을 끌어당기는 지구의 중심처럼 변함없이 강하다는

것을 보여 주겠어요. 전 들어가 실컷 울어야겠어요.

판다러스 그래, 그래라.

크레시다 이 빛나는 머리카락을 뜯고, 사랑스런 볼에 생채기를 내자.

달콤한 목소리는 울음으로 가르고 "트로일러스"라 외치며 이 심

장을 찌르자.

난 절대 트로이를 떠나지 않아.

퇴장.

3장

크레시다의 집 근처

패리스, 아에네아스, 데이포버스, 안테노 그리고 디오메데스 등장.

패리스 아침이 되도록 별 일이 없고, 이제 이 용맹한 그리스 장군에게
크레시다를 넘겨주도록 약속된 시간도 거의 다
되었군요. 자, 내 동생 트로일러스야,
크레시다에게 뭘 해야 하는지 알려주며
서두르라고 전해라.

트로일러스   집안으로 들어갑시다.
내 그녀를 데려와 즉시 그리스인에게 인도할 테니.
그의 손에 크레시다를 넘기면,
그 손은 제단으로, 당신의 동생 트로일러스는
자신의 심장을 제단에 바치는 사제라 여겨줘.

퇴장.

10 **패리스** (방백) 사랑이란 뭔지 나도 알고 있지.
안타까워 도와주고 싶을 뿐이네.
자, 안으로 들어갑시다, 여러분.

모두 퇴장.

4장

크레시다의 집안

판다러스와 크레시다 등장.

판다러스 진정하여라. 진정해야지.

크레시다 어떻게 진정하라고 하세요?

제가 맛보는 것보다 더 슬프고 완전한 슬픔은 없어요.

이 사랑은 강렬했던 만큼 이 슬픔은 크고 난폭할 수밖에

없어요. 제가 어떻게 진정해요?

제가 감정과 타협할 수 있거나 슬픔을 희석시켜

약하고 차가운 사람도 감당할 수 있게 만든다면,

그러면 제 슬픔도 이에 맞춰보겠죠.

제 완전하고 순수한 사랑은 어떤 이물질도 받아들이지 못해요.

이런 끔직한 상실에서 느끼는 제 슬픔도 마찬가지에요.   10

트로일러스 등장.

판다러스 왕자님이 여기로 오시는구나. 아 얼마나 예쁜 원앙 한 쌍인가!

크레시다 아, 트로일러스, 트로일러스!

트로일러스를 끌어안는다.

판다러스 얼마나 안타까운 장면인가! 나도 함께 안아보자.

"아, 가슴이여", 격언에 이런 구절이 있지.

"아, 가슴이여, 이 무거운 가슴이여

어찌 깨어지지 않고 한탄만 하는가?

그러자 그가 답하길,

우정이나 위로의 말 때문에

자신의 고통을 보지 못하기 때문이오."

20 이보다 더 솔직한 노래는 없을 게다. 아무것도 벌릴 게 없구나.

살다보면 이런 구절도 소용이 있으니까. 내 살면서 다 봐왔다.

너희 어린 양들은 어찌할꼬!

트로일러스 크레시다, 널 사랑하는 마음이 너무나 고결해

하늘의 신들까지 화가 난 게 맞아.

이 차가운 입술로 신들께 올린 기도보다 당신에 대한 고백이

더 뜨겁기에 당신을 나한테서 뺏으려는 거야.

크레시다 신들의 질투인가요?

트로일러스 그럼, 그럼, 그렇고말고. 너무나 분명해.

크레시다 제가 트로이를 떠나야 하는 것도 분명하고요?

트로일러스 끔찍하지만 사실이야.

30 **크레시다**   그럼 트로일러스로부터도 떠나야 하고?

트로일러스 트로이와 트로일러스 둘 다로부터.

크레시다   어떻게 이런 일이?

트로일러스 이렇게 갑자기 불행한 운명은

작별인사도 하지 못하게 만들고 우리 입술이

다시 만날 기회를 잔인하게 막아서며

어떤 지체도 하지 못하게 거칠게 밀어붙이는군.

우리 서로 부둥켜안는 것도 사납게 떼어 놓고, 소중한 맹세를

위해 입을 뗄 때 첫 숨을 내쉬자마자 목을 조르는구나.

우리 둘, 서로에게 수천 번의 탄식을 건네고 이제

마지막 짧은 한숨을 끝으로 서럽게 떨어지게 되는가. ⁴⁰

악의에 찬 시간은 마치 도둑이 성급하게 귀중품을 제 가방에

쓸어 담듯 우리 시간을 뺏어 가는 데 정신이 없구나.

하늘의 별 수만큼 작별인사를 전하고,

작별인사 마디마디에 입맞춤의 도장을 찍으련만

시간은 겨우 이별의 아픔으로

흘린 눈물의 소금만 밴

한 마디 말의 안녕과 서투른

입맞춤만 허락하는구나.

아에네아스 (무대 안에서) 왕자님, 아가씨께서 떠날 준비가 되셨나요?

트로일러스 들려? 널 부르고 있잖아. 마치 저승사자가 죽음이

임박한 자에게 "오라!" 하듯 부르고 있어.

(아에네아스에게) 잠시 기다려달라고 해요, 곧 나간다고.

판다러스 왜 눈물이 나오지 않지? 이 바람을 진정시킬 눈물의 비가 필요해.

아니면 내 심장이 뿌리째 뽑혀나갈지도 몰라!

퇴장.

크레시다 전 그리스인들에게 가야만 하나요?

트로일러스   다른 방도가 없어.

크레시다 명랑한 그리스인들 사이에 불행한 크레시다라니.

　　　　우린 언제나 다시 볼까요?

트로일러스 내 얘기를 들어봐, 내 사랑. 그 맘 변하면 안 돼!

크레시다 맘이 변해! 어떻게! 그런 나쁜 생각을 할 수 있죠?

트로일러스 아니, 차분하게 얘기할 필요가 있어.

60　　　우린 곧 헤어지게 되니까.

　　　　내가 널 의심해서 "맘 변하면 안 돼"라고 말한 게 아니야.

　　　　네 마음속에 어떤 흔들림도 없다는 것을 증명하기 위해서라면,

　　　　죽음의 신에게 결투를 청할 수도 있단 뜻이었어.

　　　　내가 "맘 변하면 안 돼"라고

　　　　말하고 난 뒤에 "우리 곧 만나자"라고

　　　　내 약속할 참이었어.

크레시다 왕자님, 금방이라도 엄청난 위험에 빠질 수도

　　　　있어요. 제 맘 안 변해요.

트로일러스 그럼 난 어떤 위험도 환영한다고. 이 소매를 걸쳐.[12]

70 **크레시다** 그럼 왕자님은 이 장갑을 끼세요. 언제 만날 수 있을까요?

트로일러스 내 그리스군 초병을 매수해서

　　　　매일 밤 널 보러 갈게.

　　　　암튼 변하면 안 돼.

크레시다   하느님, 맙소사! 또 그 맘 변하지 말란 말!

트로일러스 내가 왜 그러는지 들어봐, 내 사랑.

---

12. 탈부착이 가능한 소매.

그리스 젊은 사내들 중엔 출신 좋은 녀석들이 많아.

싹싹하고 외모도 준수하며 타고난 재능도 있다니까,

게다가 학식과 체력도 충분히 갖췄지.

새로운 것만으로도 사람의 마음을 끌어당기는데 개인의 매력이

더해진다면 걱정이 안 되겠어? 이건 건전한 질투라고.

그러니 넌 내 근심을 선한 죄라 불러줘.   80

크레시다   아, 하느님. 왕자님은 절 사랑하는 게 아니에요.

트로일러스 차라리 내가 나쁜 놈으로 죽어야겠지!

난 네 진심을 의지하고 있는 것은 아니야,

내 재능의 부족함을 탓하는 거지. 난 노래도 못하고,

춤도 화려하게 추지 못하잖아. 달콤한 말도 못하고말고.

기술이 필요한 경기에 재능도 없어. 그리스인들이 죄다

지닌 능수능란한 재능이 내겐 없으니까.

하지만 그런 재능 속에는 조용하지만 설득력이

강한 악마가 웅크리고 앉아 아주 교활한 방식으로

유혹하려는 걸 난 알아. 부디 그 유혹에 넘어가지 마.   90

크레시다 제가 유혹에 넘어갈 것 같아요?

트로일러스 아니. 허나 우리가 원하지 않는 일도 일어나잖아.

그리고 때로는 우리가 스스로를 속이는 악마가 되지.

우리는 스스로의 능력을 너무 과신해,

우리 스스로가 얼마나 쉽게 변심하는 존재인지를 잊고서.

아에네아스 (무대 안에서) 저, 왕자님!

트로일러스   이리로, 마지막 입맞춤, 그리고 이제 떠나.

패리스 (안에서) 동생!

트로일러스　　　형님, 여기로 오세요.

　　　그리고 아에네아스와 그리스인도 데리고 가세요.

크레시다 왕자님, 맘 변치 않으시겠죠?

100 **트로일러스** 누구, 나? 이런, 내 잘못이야, 내 실수다!

　　　다른 이들이 재주를 부려 큰 명성을 낚는 동안,

　　　난 진실함만 좇다 그저 평범하단 평만 얻었구나.

　　　또 어느 교활한 자들이 도금한 구리왕관을 쓰고 다닐 때,

　　　정직함이나 진솔함을 내세워 맨 머리로 다녔지 뭐야.

　　　네 진심을 의심 마. 솔직함과 진실함이 내 인격을

　　　말해주는 단어니까. 이게 모든 걸 말해주잖아.

　　　아에네아스, 패리스, 안테노, 데이포버스 그리고 디오메데스 등장.

　　　어서 오시오, 디오메데스. 여기 이 아가씨를

　　　안테노를 대신해서 당신이 데려가야 하오.

　　　성문 앞에서, 당신에게 인도하겠소.

110　　　가는 동안 이 아가씨의 신상에 대해 얘기를 해드리리다.

　　　그녀는 잘 대해주어야 하오. 맹세하건대 점잖은 그리스인이여,

　　　혹여라도 내 칼이 당신의 가슴을 겨누는 순간을 맞으면,

　　　크레시다의 이름을 대시오. 그러면 트로이에서 프라이엄 국왕의

　　　안전만큼이나 당신 목숨은 안전할 것이오.

디오메데스　　　　　　　　　　　　아름다운 크레시다 아가씨,

　　　괜찮으시다면, 왕자님께 따로 감사를 드릴 필요는 없습니다.

당신의 빛나는 눈과 우윳빛 하얀 볼이

당신을 어떻게 대해야 할지 말해주니까요. 이 디오메데스가

당신은 나의 하인이 될 테니, 뭐든 명령만 내리시죠.

트로일러스 그리스인. 내 그녀를 아끼는

내 진심어린 부탁을 깎아 내리다니   120

예의가 없으시군. 분명히 말하지만, 그리스의 장군,

크레시다는 당신의 칭찬이 감히 넘볼 수 있는 그런 여자가 아니오.

그러니 함부로 그녀의 하인이 된다는 소릴 마시오.

다시 한 번 명하는데, 날 봐서라도 그녀를 잘 대해주시오.

만약에 그렇지 않으면, 플루토의 이름을 걸고 말하건대

제아무리 큰 아킬레스가 내 앞을 가로막아도

내 반드시 당신의 목을 칠 테니.

디오메데스   그리 열 받지 마십시오, 트로일러스 왕자님.

전 사신으로서 지위로 자유롭게 이야기할 수 있는

특권이 있지요. 이곳을 떠나면 제가 원하는 대로

뭐든 할 수도 있습죠. 왕자께서도 아시겠지만.   130

제가 왕자님 명령을 따를 이유는 없습니다. 이 아가씨는 자신이

지닌 가치 때문에라도 대접을 잘 받을 겁니다. 허나 왕자께서

　"그리 하시오"라고

명령하면 제 성질에 "그러진 못하겠습니다!"라고 말씀드릴 수밖

　에요.

트로일러스 자, 성문으로 갑시다. 내 얘기 잘 들으시오, 디오메데스.

그리 자만하다간 언젠가 큰코다칠 날이 있을 것이오.

아가씨, 그 손을 이리 주시오. 걸어가면서

서로에게 소중한 이야기를 나눕시다.

트로일러스, 크레시다 그리고 디오메데스 퇴장.

패리스 들어보시오, 헥토르 형님의 나팔 소리요!

아에네아스 아침나절을 이렇게 허비하다니!

헥토르 왕자님께서 절 게으르고 굼뜨다고 여기실 겁니다.

제가 왕자님보다 앞서 전장에 나갈 거라 장담을 했거든요.

패리스 그건 트로일러스의 잘못이지. 자, 자, 형님이랑 함께 전장으로 나

가자고.

데이포버스 지금 즉시 준비하시죠.

아에네아스 그러시죠. 활력이 넘치는 신랑처럼

헥토르 왕자님의 뒤를 따릅시다.

우리 트로이의 영광이 오늘 헥토르 왕자님의

결투에 달려있으니까요.

모두 퇴장.

5장

그리스군 진영 인근

무장한 에이잭스, 아가멤논, 아킬레스, 파트로클러스,
율리시즈, 메넬라우스, 네스터 그리고 다른 무리들 등장.

아가멤논 참으로 산뜻하고 멋진 모습으로 챙겨 나오셨소.

치솟는 용기로 결투시간을 기다리셨군요.

나팔을 크게 불어 트로이 측에 신호를 보내시오.

두려움을 낳는 용사 에이잭스. 그러면 무서운 소리가

적장의 머리통을 꿰뚫어

그를 이리로 불러낼 것이니.

에이잭스   이봐, 나팔수. 옜다, 네 수고비다.

네 폐를 찌는 심정으로 나팔을 불어 젖혀라.

불어라, 이놈아. 어디 부푼 네 둥근 볼로

북풍보다 더 세게 말이다.

가슴을 쫙 펴란 말이다. 그리고 눈에서 피가 날 때까지 불어,   10

헥토르를 불러내라.

나팔 소리.

율리시즈 아무 응답이 없습니다.

아킬레스　　　　　　　　아직 시간이 너무 이르지.

아가멤논　저기 칼카스의 딸과 함께 오는 자가 디오메데스가 아닌가?

　　　　　　　디오메데스와 크레시다 등장.

율리시즈　맞습니다. 걸음걸이를 보면 알 수 있죠.
　　　　　　앞꿈치로 걸으니까요. 워낙 욕망이 커서
　　　　　　땅 위에서 자꾸 솟아나려 하지 뭡니까.

아가멤논　이 아가씨가 크레시다인가?

디오메데스　　　　　　　　그렇습니다.

아가멤논　그리스 진영에 오신 것을 진심으로 환영합니다, 귀여운 아가씨.

　　　　　　　크레시다에게 키스를 한다.

네스터　우리 사령관께서 입맞춤으로 인사를 드리는 것이오.

20　**율리시즈**　그건 어디까지나 개인적으로 보이시는 친절이니,
　　　　　　　우리 모두로부터 입맞춤을 받으면 훨씬 낫지 않겠소?

네스터　매우 합당한 말씀이오. 그럼 나부터.

　　　　　　　크레시다에게 키스를 한다.

　　　이건 네스터의 환대요.

아킬레스　아리따운 아가씨, 그 입술로부터 늙은이가 남긴 차가움을 없애
　　　　　　드리리다.
　　　아킬레스도 환영하오.

크레시다에게 키스를 한다.

메넬라우스 나도 한때는 입술을 부딪칠 좋은 상대가 있었지.

파트로클러스 그럼 지금 입술을 댈 까닭은 없네요.

무모한 패리스가 갑자기 톡 튀어나와 (사이에 끼어들며)

그 상대로부터 장군을 떼어 놓았으니까요.

크레시다에게 키스를 한다.

율리시즈 참으로 끔찍한 일이 아닌가. 우리 모두의 치욕이다! 30

트로이 놈의 오쟁이 뿔을 빛내주려 우리가 죽어 나가는 것이.

파트로클러스 처음 키스가 메넬라우스 장군의 것이고, 이번이 내 차례.

크레시다에게 다시 키스를 한다.

파트로클러스의 입술이 갑니다.

메넬라우스 거 잘도 하는군!

파트로클러스 패리스와 내가 지금 저분을 대신해서 해드리는 거요.

메넬라우스 내 몫은 내가 할 테니 비켜봐. 아가씨, 미안하오.

크레시다 키스를 할 때, 키스를 해주시나요 아니면 받으세요?

메넬라우스 주기도 하고 받기도 하오.

크레시다 제 인생을 두고 말씀드리는데,

장군님이 키스를 해주시는 것보다 받는 게 더 나을듯해요.

그래서 장군님을 위한 키스는 없어요.

메넬라우스 내가 호의를 베풀겠소 아가씨 키스 하나에 내 것 셋을 주리다. 40

크레시다   짝을 잘 못 맞추시네요. 짝을 못 맞추면 아무것도 없지요.

메넬라우스   짝이 안 맞는다고, 아가씨? 모든 사내들은 다 짝이 맞지 않
　　　　아요.

크레시다   아니요, 패리스는 아니잖아요. 잘 아시겠지만,
　　　　장군님 덕분에 패리스는 짝이 맞게 되었죠.

메넬라우스   아픈 곳을 건드리는군.

크레시다　　　　　　　　　　아니요, 절대 그렇지 않아요.

율리시즈   아가씨의 손톱으로 저분의 오쟁이 진 뿔과 다투는 것은 바람
　　　　직하지 않아요.
　　　　귀여운 아가씨, 제가 키스를 해도 될까요?

크레시다   원하시면요.

율리시즈　　　　　원하고말고요.

크레시다　　　　　　　　　그러면 부탁해 보세요.

율리시즈   비너스의 명예를 위해, 헬렌이 원래 자리인 메넬라우스의 아내로
50　　　　돌아올 때 그때 내게 키스를 해주시오.

크레시다   제가 당신에게 빚을 지는 거군요. 그럼 기한이 되면 요청하세요.

율리시즈   그런 날은 없을 테니, 키스도 못 받겠군.

디오메데스   아가씨, 잠시만, 이젠 아버지께로 가십시다.

　　　　　　　　　디오메데스와 크레시다 퇴장.

네스터   아주 영특한 아가씨야.

율리시즈　　　　　　　　　발랑 까진 계집 같으니!
　　　　저 눈빛, 뺨, 입술로 꼬드기는 것 좀 보시오.

아니, 발짓도 그러는구먼. 음탕한 기질이

사지와 온 몸짓으로 다 뿜어져 나오고 있군.

혀를 놀림이 장난이 아닌 게, 먼저 들이대잖아,

남자들이 다가서기도 전에.

게다가 아무에게나 책장 펼쳐 보이듯   60

속내를 쉽게 보여주다니,

아무 때나 건드릴 수 있는 음탕한 창녀나

다를 바 없으니 그만 잊어버리시오.

무대 안에서 나팔 소리.

모두 함께 트로이의 나팔 소리다!

아가멤논   저기 그들이 오는군.

나팔 소리와 함께 헥토르, 무장한 아에네아스, 트로일러스 그리고
다른 트로이인들이 수행원들과 등장.

아에네아스 환영하오. 그리스의 수뇌부들이 다 오셨군. 이번 승부의 우
     승자에게

어떤 영예가 주어지는 것이오? 어떤 방식으로 우승자를 가리고자

하오? 용사들이 죽을 때까지 싸우길 바라시오, 아니면

이들의 싸움을 멈추고 갈라놓을 심판이라든지

규칙이 있기를 원하시오?

헥토르께서 알아보라 하셨소.   70

아가멤논   헥토르는 어느 방식을 더 선호하시는가?

아에네아스 어느 쪽이든 상관없이 어느 조건이나 다 수용하겠다고 하셨소.

아가멤논 헥토르답군.

아가멤논   지나치게 자신만만하군,

좀 오만하기도 한 게, 싸움 상대를

과소평가하고 있군.

아에네아스   아킬레스가 아니시오?

아니라면 이름이?

아킬레스   내가 아킬레스가 아니라면, 난 아무 이름도 없는 것이오.

아에네아스 아킬레스가 맞군. 허나 당신이 누구든

정확히 알아두시오. 헥토르가 지닌 용맹과 오만은

극과 극이오.

용맹은 거의 그 끝을 알 수 없으나,

오만은 거의 없는 것과 진배없으니. 자세히 살펴보면,

오만으로 보이는 것도 실은 예의란 것을 알게 될 것이오.

이 에이잭스가 헥토르와 같은 조상의 핏줄을 타고 났으니

이 점을 참작해서 헥토르의 절반은 집에 두고

마음의 절반, 손의 절반, 나머지 절반으로만 반은 그리스인이며

반은 트로이인인 이분과 싸우려 하시는 것이오.

아킬레스 그럼 피를 보는 싸움이 되지는 않겠군, 알만 하군.

디오메데스 등장.

아가멤논 이보게 디오메데스. 가서 에이잭스를

도와주시게나. 당신과 아에네아스가 이번
결투의 조건에 합의하고,   90
그대로 진행하시오. 죽을 때까지 싸우든가,
아니면 친선 경기로 하든. 결투에 나선 이들이 친척관계라
싸우기도 전에 김이 빠진 모양이군.

에이잭스와 헥토르가 결투에 응한다.

율리시즈   벌써 맞붙었군요.
아가멤논   저 우울해 보이는 트로이인은 누구지?
율리시즈   프라이엄 왕의 막내아들입니다. 좋은 재목이기도 하죠.
아직 어리긴 하지만, 견줄만한 이가 없습니다.
말이 아니라 행동으로 보이고 허세를 부리지 않습니다.
쉽게 화를 내지도 않는데 일단 화가 나면 쉽게 가라앉지도 않죠.
손이 크고 마음 씀씀이도 커,   100
자기 것을 남에게 잘 주고 속마음도 잘 털어 놓기는 하지만,
마구잡이로 그러는 것은 아니고
부정한 생각을 입 밖으로 내지도 않습니다.
헥토르만큼 사내대장부이면서 더 위험하기까지 하죠.
헥토르는 비록 화가 나더라도 약자에게는
관용을 베풀지만 저 젊은 애는 싸움 중엔
질투에 눈이 먼 자보다 더 복수심에 불탄답니다.
사람들이 그를 트로일러스라 부르는데, 헥토르에 뒤를 이를
자로 그에게 희망을 두고 있습니다.

110 이 정보는 저 젊은이의 작은 것 하나까지도 속속들이 알고 있는
작자로부터 개인적으로 아에네아스가 듣고 트로이에 머물 때
제게 들려주었습니다.

나팔 소리. 헥토르와 에이잭스, 싸운다.

아가멤논 다시 맞붙는군.

네스터 자, 에이잭스. 자세를 잘 잡아야 돼!

트로일러스 헥토르, 졸고 있는 거야? 눈 좀 떠봐!

아가멤논 잘 때렸어. 바로 그거야, 에이잭스!

나팔 소리 멎는다.

디오메데스 그만 멈추시오.

아에네아스 두 분 모두, 그만하면 충분합니다.

에이잭스 아직 몸도 안 풀렸는데 다시 한판 붙읍시다.

디오메데스 헥토르가 원한다면.

헥토르 자, 난 그만하겠소.

120 훌륭하신 장군, 당신은 내 아버지 누이의 아들이 아니신가.
프라이엄 국왕의 자손과는 사촌지간이 되지 않는가.
우리 혈통의 유대는 이런 피를 보는 싸움을
허락하지 않지 않나.
자네도 그리스와 트로이 피가 섞였으니,
"이 손은 그리스인의 손이고,

이 손은 트로이인의 손이다. 이 다리의 근육은

전부 그리스이지만 이쪽은 트로이 것이다. 그리고

오른쪽 볼에는 어머니의 피가 흐르고,

왼쪽 볼에는 아버지의 피가 흐른다."고 말할 수 있지 않겠나.

주피터 신의 전능함을 두고 맹세하건대,   120

장군의 그리스 쪽 신체는 내 칼에 맞아 상처를 입지 않고서는

온전히 이 자리에서 벗어날 순 없소.

하지만 신들께서 명하시길, 나의 신성한 고모이신 장군의 어머니
　　로부터

받은 피를 내 치명적인 칼에 장군의 피 한 방울이라도 묻힐 순 없
　　다고.

자 에이잭스 한 번 안아 봅시다.

천둥의 신에 걸고 맹세하거늘 장군은 참으로 강한 팔을 지녔군요.

헥토르는 그 팔에 내 몸을 던져 보겠소.

사촌, 당신에게 영광을 돌리오.

에이잭스　　　　　　　　　　　感사하오, 헥토르.

왕자께서는 매우 너그럽고 관대한 분이오.

난 사촌인 왕자를 해치우고, 그 대가로   140

크나큰 영예나 얻고자 했었는데.

헥토르 위대한 아킬레스에게도 불가능한 일이지.

제아무리 그의 빛나는 명성이 헥토르로부터 영예를

뺏어갈 수 있다고 자신할 수 있는 이는 "바로 그뿐이다"라

고함을 친다하더라도 말이지.

아에네아스 양 진영의 모든 사람들이 궁금해 하고 있습니다.

앞으로 어찌 하실 생각이십니까?

헥토르   내 곧 말하리다.

그건 바로 포옹이오. (서로 껴안는다.) 잘 가시오, 에이잭스.

에이잭스 내게 청이 하나 있는데 들어줄지 모르겠소.

150   좀처럼 그런 일은 없지만, 명성이 자자한

사촌의 그리스군 진영 방문을 희망하는 바요.

디오메데스 아가멤논 사령관께서 원하시는 바요. 위대한 아킬레스도

용감한 헥토르의 무장하지 않은 모습을 간절히 보기 원하죠.

헥토르 아에네아스, 내 동생 트로일러스를 데려오게.

소식을 기다리고 있는 트로이군에게도 우리 사이의

우호적인 대화에 대해 알려주고,

성으로 귀환하라 전하게. 자 사촌, 손을 주시오.

내 함께 가서 같이 식사도 하고, 사촌의 동료들도 만나보리다.

아가멤논과 나머지 그리스 장수들이 다가온다.

에이잭스 대 아가멤논 사령관께서 우리를 만나러 오시는군.

160 **헥토르** 내게 최고의 장수들 이름을 한 분, 한 분 알려 주시오.

아킬레스만은 그의 체구와 위엄을 내 익히 알기에

내 눈이 직접 알아볼 수 있을 것이오.

아가멤논 대단하오. 당신의 적으로 싸우려 했던 우리들이지만

할 수만 있다면 환영하오.

아니, 이건 환영이라 할 수 없지. 내 다시 분명히 말하겠소.

지난 일과 미래에 닥칠 일은 중요한 사안들로 가득 차 있지만,

지금은 망각에 의해 형체도 없이 사라졌소.

지금 이 순간은 오직 진실 되고, 솔직하며,

어떤 속임수나 간계도 없이,

그저 내 가슴 속에서 우러나오는 가장 신성한 정직함으로   170

위대한 헥토르를 환영하는 바이오.

헥토르 감사하오. 진정 제왕다운 아가멤논!

아가멤논 (트로일러스를 향해) 명성이 높은 트로이의 왕자, 자네도 환영하네.

메넬라우스 형님에 이어 내 환영도 받으시게.

늠름한 용사 형제여, 이곳에 잘 오셨소.

헥토르 이분은 누구신지?

아에네아스   메넬라우스입니다.

헥토르 아, 당신이군요. 감사합니다. 전쟁 신의 장갑을 걸고, 감사의 뜻을

전하오.

내가 색다른 맹세를 한다고 날 이상하게 보지는 마시오.

당신의 전 부인께서는 아직도 비너스의 장갑을 두고 맹세를 하더이다.

그녀는 잘 계시오. 비록 당신께 안부를 전해 달라는 부탁은 없었지만.   180

메넬라우스 그 여자 얘긴 꺼내지 마시오. 이 끔직한 전쟁의 주인공이 바

로 그 여자 아니오.

헥토르 용서하시오. 내가 무례를 했소.

네스터 용맹한 트로이의 장군, 내 당신을 자주 봤지.

운명에 대항하며, 우리 젊은 그리스 용사들 대열을

가르며 돌진하는 당신을. 그런데 여기서 만나는구려.

페르세우스처럼 맹렬하게 프라지아의 말에 박차를 가하며,

죽어 나가떨어진 자들이나 항복하는 이들을 개의치 않고

치켜든 칼로 바람을 가르지 않았소?

허나 쓰러진 자들에겐 내리치지 않더이다.

190   내가 옆에 선 자에게 "보게, 생사를 쥐고 있는 주피터가

바로 저기 있네"라고 말했지.

그뿐이 아니라, 우리 그리스군이 왕자를

빙 둘러 포위했을 때, 올림픽 경기의 레슬링 선수처럼

숨을 고르던 당신을 봤지.

항상 갑옷에 가려있던 왕자의 얼굴을 이제야

보게 되었구려. 내 왕자의 조부를 알지.

한 때 전장에서 맞붙은 적이 있지. 아주 훌륭한 군인이셨지.

우리 모든 군인의 신이 마르스를 두고 맹세하는데,

왕자보다 훌륭하지 않소. 이 늙은 군인을 안아주시게.

200   훌륭한 전사여, 우리 진영에 온 것을 환영하네.

아에네아스 이분은 노장(老將) 네스터 장군이시오.

헥토르 장군께 인사드립니다. 오랜 세월 지켜낸 훌륭한

역사책 같은 분이시여.

존경하는 네스터 장군, 인사를 드리게 되어 기쁩니다.

네스터 이렇게 이 팔로 인사하며 얼싸 안듯이 싸움터에서

만나 맞서 싸울 수 있다면 얼마나 좋겠소.

헥토르 저도 그러길 바랍니다.

네스터 그래요? 내 이 흰 수염만 아니었어도 내일이라도 한판 할 텐데.

자, 아주 잘 왔구려. 아마 예전 같으면 왕자와 한판 붙었을 텐데.

율리시즈 어찌 저 성이 아직도 멀쩡한지 참으로 궁금하오.   210

트로이를 지탱하는 기초와 기둥이 여기 와있는데 말이오.

헥토르 당신 얼굴을 알아보겠소, 율리시즈.

당신과 디오메데스가 그리스 사절로

일리움 궁전에 처음 방문해서 본 후로

수많은 그리스와 트로이 군사들이 죽었소.

율리시즈 왕자님, 그때 장차 일어날 일들에 대해 말씀드렸죠.

지금까지의 희생은 일어날 결과의 절반에 불과합니다.

트로이 전면에 오만하게 선 채 하늘을 향해 꼿꼿이 선

저 성벽들과 성루들도 무너져 내려

땅바닥과 입 맞출 날이 곧 옵니다.

헥토르   그런 일은 없을 것이오.   220

아직도 멀쩡하게 서 있지 않소. 내 점잖게 이야기하는데,

트로이의 성의 벽돌 하나하나가 떨어져 나갈 때마다 그리스군은

피로 그 대가를 치러야 할 게요. 누가 이기는지 한 번 봅시다.

예로부터 시간이라는 가장 오래된 심판이 언젠가는

결판을 내줄 것이니.

율리시즈   그럼 그렇게 합시다.

가장 너그럽고 용감한 헥토르여, 환영하오.

아가멤논과 환담 후에 나를 만나 식사를 함께 합시다.

내 군막으로 오시오.

아킬레스 내가 먼저요, 율리시즈!

어, 헥토르, 내가 이 두 눈으로 당신을 꼼꼼히 살펴봤어.

어디 하나 빼놓지 않고 사지의 관절 하나하나까지도

정확하게 관찰했으니.

헥토르   당신이 아킬레스인가?

아킬레스 그래, 내가 아킬레스다.

헥토르 부탁이니 가만히 서보시오. 제대로 보게.

아킬레스 맘껏 보시오.

헥토르   아니, 충분히 봤소.

아킬레스 참으로 성급하군. 난 당신을 사려는 사람처럼

몸 구석구석을 다시 한 번 찬찬히 들여다봐야겠소.

헥토르 오, 마치 사냥감의 책을 읽듯이 살펴보겠다!

허나 내겐 당신의 이해능력을 벗어난 게 있소이다.

아니 왜 그렇게 노려보는 것이오?

아킬레스 신들이여, 말해주시오. 이자의 신체 어디를 겨눠

쓰러뜨릴 수 있는지를. 여긴가, 여긴가, 아니면 저기?

그래 상처를 입힐 곳을 정확하게 표시를 해,

헥토르의 영혼이 빠져나갈 틈을 분명히 해두고 싶습니다.

그러니 신들이여 대답해주시오!

헥토르 오만한 자의 그따위 요청에 답을 하는 신들은

진정한 신들이 아니시지. 다시 가만히 있어 보시오.

당신은 사전에 나를 칠 급소를

미리 정해 놓으면 날 그렇게 쉽게 죽일 수 있다고

믿나 보지?

아킬레스   물론이지.

헥토르 당신이 그런 말을 신탁처럼 내뱉어도,

난 믿을 수 없소. 그러니 당신 몸이나 잘 지키시오.

난 당신을 죽일 때 여기, 여기, 아니면 저기 가지지 않으니.

마르스의 투구를 만든 대장간을 두고 맹세하건대,

난 당신의 온몸 구석구석을 다 찔러 죽이겠소.

자 현명한 그리스의 장수들, 내 호언장담을 용서하시오.

아킬레스의 오만함 때문에 내가 좀 유치해졌소이다.

그렇지만 내가 방금 한 말은 반드시 행동으로 증명해 보이겠소.

그렇지 않으면,

에이잭스   사촌, 그리 화내지 마시오.

그리고 자네 아킬레스, 그런 사나운 얘기는 그만두시오.   260

고의든 우연이든 전장에서 맞붙기 전까지.

언제든지 헥토르와 만나 싸울 기회가 있지 않소.

그럴 용기가 있는지는 모르겠지만. 그리스의 장수들이 당신더러

헥토르와 싸울 것을 설득 시킬 수나 있을지 걱정이오.

헥토르 나도 원하는 바이니 전장에서 봅시다.

당신이 그리스 편에 서서 싸우기를 거부한 후로는

이 전쟁이 시시해졌으니까.

아킬레스   지금 진심으로 청하는 것인가, 헥토르?

내일 당장 만나 누가 하나 없어질 때까지 붙읍시다.

그러나 오늘밤은 친구로 보내고.

헥토르   악수로 약속합시다.

270 **아가멤논**　　자, 그리스 장수 여러분, 내 군막으로 갑시다.

　　　　거기서 성대하게 즐겨봅시다. 그 후에

　　　　헥토르가 원하는 것과 여러분들의 호의가

　　　　잘 맞아 떨어지면 각자 대접하기로 하고.

　　　　탬버린을 크게 치고, 나팔을 불어라.

　　　　이 위대한 용사의 환영을 크게 알려라.

　　　　탬버린과 나팔 소리, 트로일러스와 율리시즈만 남기고 모두 퇴장.

트로일러스　　율리시즈, 부탁하는데 말씀 좀 해주시오.

　　　　이 진영의 어디쯤에 칼카스가 머물고 있습니까?

율리시즈　　메넬라우스의 군막이지요. 왕자님.

　　　　오늘밤 거기서 디오메데스가 연회를 베풀 예정입니다.

280　　　그가 요즈음은 하늘도 땅도 쳐다보지 않고,

　　　　그저 아리따운 크레시다만을 사랑 때문에

　　　　넋이 나간 표정으로 쳐다보고만 있지 뭡니까.

트로일러스　　친절하신 장군, 내가 간곡히 청을 할 것이 있는데,

　　　　아가멤논의 군막에서 돌아오는 길에 날 좀 거기로

　　　　데려다 주실 수 있겠습니까?

율리시즈　　　　　　　　분부대로 하시오.

　　　　말씀 좀 해 보세요, 크레시다 아가씨는 트로이에서

　　　　어떤 평판을 받고 계셨는지? 사귀던 애인이 있어

　　　　아가씨가 떠난 뒤 비통해하지는 않나요?

트로일러스　　아, 장군. 아픈 데를 자랑삼아 떠벌리는 사람은

조롱받기 십상입니다. 저랑 걸어가실 거죠? 290

그녀는 사랑을 많이 받았죠. 지금도 그렇고말고요.

허나 달콤한 사랑은 운명의 여신 앞에 먹잇감에 불과하죠.

모두 퇴장.

5막

1장

그리스군의 진영

아킬레스와 파트로클러스 등장.

아킬레스 오늘밤 그자의 피를 그리스 와인으로 달궈주지.

그리고 내일은 이 칼로 식혀 줄 테고 말이야.

파트로클러스, 오늘밤 갈 때까지 가보자고.

파트로클러스 서사이테스가 이리로 오네.

서사이테스 등장.

아킬레스   질투의 쓰레기 같은 자식아!

부패해 딱지투성이 놈아, 웬일이냐?

서사이테스 왜요, 실체는 없고 모든 게 눈에 보이는 쇼 같은 양반.

어리석은 바보들의 우상님, 여기 당신에게 전해 줄 편지가 있습죠.

아킬레스 어디서 온 것이냐, 빵부스러기 같은 놈아?

서사이테스 왜요, 바보천치 양반. 트로이에서 왔죠.

아킬레스 편지를 읽는다.

10 **파트로클러스** 지금 군막은 누가 지키는데?

서사이테스 그야 외과의사 약상자랑 환자의 상처지.

파트로클러스 잘도 말한다, 삐딱한 놈아. 근데 지금 말장난 속에

진짜는 뭐냐?

서사이테스 입 좀 다물고 있어라, 애송아. 아킬레스의 몸종 같은 놈이랑

지껄여서 뭐 얻을 게 없다.

파트로클러스 뭐 몸종? 이 빌어먹을 놈! 뭔 소리야!

서사이테스 왜, 아킬레스의 남자 접대부 아니냐?

그래 배앓이, 감기, 대상포진, 수면병,

중풍, 안질, 간경화, 천식, 고름 찬 방광,

좌골신경통, 사마귀, 류머티즘,   20

열병이 남기고 간 모든 피부병 같은

남쪽의 질병들아 자연의 순리를 거스른

이 혐오스런 놈에게 잔뜩 퍼져라!

파트로클러스 이 빌어먹은 질투쟁이야, 왜 이런 저주를

퍼붓는 거냐?

서사이테스 내가 저주를 한다고?

파트로클러스 아니라고, 못돼 처먹은 엉덩이 같은 놈.

이 잡종개 새끼야, 아냐?

서사이테스 아니지. 근데 왜 염병을 떠냐? 쓸모없는 비단 실타래 같은

녀석아.

아픈 눈을 가리는 데 쓰는 초록 비단 안대 같은 놈,   30

탕자의 돈주머니처럼 돈을 못 써 안달인 놈. 아 미쳐버리겠군.

이 불쌍한 세상아, 이 세상이 이런 하찮은 하루살이 같은 놈에게

들볶이고 있다니.

파트로클러스 꺼져라, 종기 같은 놈.

서사이테스 조무래기!

아킬레스 친구, 내일 결투에 걸린 중요한 목적을 이루지
못하게 됐지 뭐야.

여기 헤큐바 왕비가 보낸 서신과

그녀의 딸이자, 내 애인이 건넨 징표가 있어.

40   둘 다 날 다그치며 내가 한 맹세를 지키라

강요하잖아. 난 맹세를 깰 순 없다고.

그리스가 패하건, 영예를 잃건, 명예가 있건 없건 간에,

중요한 건 내가 한 약속이니, 난 그것을 지키겠어.

자, 자, 서사이테스, 내 군막을 치우는 것을 도와줘.

오늘밤은 밤새 연회나 즐겨야겠어.

가자, 파트로클러스!

아킬레스와 파트로클러스 퇴장.

서사이테스 혈기는 넘쳐나는데 생각은 없으니,

저 둘은 미치지 않겠나. 차라리 생각은 넘쳐나는데,

혈기가 부족했다면, 내가 저 미치광이들을 고쳐볼 수도 있을 텐데.

50   아가멤논은 정직하기도 하고 새도 좋아할 줄 알지만,

머리에 든 것이 뇌가 아니라 온통 귀지뿐이고,

주피터가 황소로 변한 것 같은 그의 동생 메넬라우스는

오쟁이 진 남편의 원형으로 뿔이 있지 뭐야. 쓸모는 있되 싸구려

인 게

형의 다리에 빌붙어 사는 구둣주걱 정도랄까.

내 지혜를 악의로 덮어씌우고, 지혜를 악의로 채운다면

이자를 어떤 모습으로 바꿔놓을 수 있을까? 멍청한 당나귀?

아니다, 소용없다. 그자는 당나귀인 동시에 황소가 아닌가.

황소로 변하게 하는 것도 쓸모없다. 황소이자 당나귀가 아닌가.

내가 개나, 노새, 고양이,

족제비, 두꺼비, 도마뱀, 부엉이, 매나 알이 빠진 청어라면 몰라도,

메넬라우스가 되지는 말아야지.   60

꼭 그래야 한다면, 무슨 짓을 해서라도 그 운명을 바꿔 버릴 테다.

내가 서사이테스가 아니면, 뭐가 됐을 거냔 물음은 묻지 마시오.

난 문둥이의 이가 돼도 상관없으니, 메넬라우스만 아니면.

저것 좀 보게, 요정들과 도깨비불들이 오네!

　　헥토르, 트로일러스, 에이잭스, 아가멤논, 율리시즈,
　　네스터, 메넬라우스 그리고 디오메데스가 횃불을 들고 등장.

아가멤논　길을 잘못 들었군. 잘못 왔어.

에이잭스　　　　　　　　　아니요, 저쪽입니다.

　저기 불빛이 보입니다요.

헥토르　　　　　　　　폐를 끼친 게 아닌지.

에이잭스　천만에요.

아킬레스 등장.

율리시즈　　　여기 직접 우리를 안내하러 오셨군요.

아킬레스　어서 오시오, 용감한 헥토르. 여러 장수들도 모두 환영하오.

아가멤논　자, 그럼 트로이의 왕자여, 편히 쉬시게나.

　　　에이잭스가 군막까지 호위를 해 드릴 것이오.

70　**헥토르**　감사합니다. 편히 쉬십시오, 그리스의 총사령관이시여.

메넬라우스　잘 주무시오, 장군.

헥토르　　　　　　친절하시군요. 장군. 편히 쉬시오.

서사이테스　(방백) 친절한 구덩이들! "친절"이라고? 친절한 똥통,

　　　친절한 하수관이다.

아킬레스　환송과 환대를 한꺼번에 해야겠군.

　　　가는 분도 있고 머무르는 분도 있으니.

아가멤논　안녕히 계시오.

아가멤논과 메넬라우스 퇴장.

아킬레스　네스터는 머무르고, 디오메데스도 여기 있을 테니,

　　　헥토르와 한두 시간 더 같이 보냅시다.

디오메데스　아니오, 장군. 난 중요한 약속이 있어서.

80　　　갈 시간이 거의 다 되었소. 안녕히 계시오, 헥토르.

헥토르　악수나 합시다.

율리시즈　(트로일러스에게 방백) 저 횃불을 따라가시오. 그가 칼카스의 군막

　　　으로 가는 길이오.

내가 함께 가리다.

트로일러스 친절하시군요. 신세가 많습니다.

헥토르 그럼, 안녕히 계시오.

디오메데스가 퇴장하고 그를 율리시즈와 트로일러스가 뒤따른다.

아킬레스 자, 자, 내 군막으로 들어갑시다.

아킬레스, 헥토르, 에이잭스 그리고 네스터 퇴장.

서사이테스 저 디오메데스는 속이 거짓으로 가득 찬 악당이지.
몹쓸 불한당이기도 하고. 저자가 희죽거리며 웃을 때는
독사가 혀를 날름거릴 때처럼 믿어선 안 되지.
개가 짖듯이 수도 없는 약속을 내뱉기만 하지. 저자가
약속을 지키려 할 때는 점성술사나 예측할 수 있으니,
그러려면 뭔가 큰 변화가 벌어져야한단 말이지. 디오메데스가
약속을 지키면 태양이 달에게 빛을 빌려야 할 판이라니깐.   90
헥토르를 지켜보는 건 포기하고 저놈을 따라가야겠다.
사람들이 그가 트로이의 매춘부와 놀아나려 칼카스의 군막을 이
용한다니,
내 뒤따라 가봐야지. 염병할 노릇이군. 온통 색마들뿐이니.

퇴장.

2장

칼카스의 군막 앞

디오메데스 등장.

디오메데스 이보시오, 거기 누구 없소, 대답 좀 해보시오.

칼카스 (안에서) 누구요?

디오메데스 디오메데스요, 칼카스. 따님은 어디 계신가요?

칼카스 (안에서) 곧 나갑니다.

트로일러스와 율리시즈 등장하나 멀리 떨어져 있다.
그들 뒤를 따라 서사이테스가 등장.

율리시즈 횃불이 보이지 않는 곳에 서 있읍시다.

크레시다 등장.

트로일러스 크레시다가 그자를 만나러 나오는군.

디오메데스   안녕하셨소, 내 담당!

크레시다 그래요, 친절한 보호자님! 드릴 말씀이 하나 있어요.

크레시다가 디오메데스에게 귓속말로 속삭인다.

트로일러스 아니, 저렇게 친근했나!

율리시즈 저 아가씨는 어떤 남자든 첫 만남부터 작업을 걸죠.

서사이테스 누구든지 그녀랑 놀아날 수 있지, 그녀가 눈만 맞으면.   10
　　　　　이미 소문난 여자니까.

디오메데스 기억하고 있죠?

크레시다 기억이요? 아 네.

디오메데스 그럼 잊지 말고 꼭 하셔야 합니다.
　　　　　내뱉은 말씀과 마음이 일치해야 하죠.

트로일러스 뭘 기억한다는 거지?

율리시즈 좀 들어봅시다!

크레시다 달콤한 그리스 신사분, 절 유혹해서 죄를 짓게 하지 마세요.

서사이테스 악당 같으니!

디오메데스 아니요, 하셔야죠.

크레시다 그럼 말씀 드리죠.   20

디오메데스 됐습니다. 나랑 장난치지 마세요. 약속한 것 아닙니까?

크레시다 정말, 못하겠어요. 제게 뭘 원하세요?

서사이테스 재주를 피워 보란 거지. 남모르게 즐기는 것.

디오메데스 네게 뭘 준다고 맹세를 하지 않았소?

크레시다 제 맹세 이야기는 그만하세요.
　　　　　그것 말고는 다 해드릴게요. 친절한 그리스 신사분.

디오메데스 잘 쉬시오.

트로일러스 그만두시오!

율리시즈 뭣하는 것이오, 지금!   30

크레시다 디오메데스!

디오메데스 아니, 그냥 쉬시오. 더 이상 놀아나지 않겠소.

트로일러스 너보다 더 나은 사람도 그럴 텐데.

크레시다 들어보세요, 귀 좀 대보세요.

트로일러스 이런 염병할, 미쳐버리겠네!

율리시즈 화가 많이 나셨군요. 왕자님. 그만 갑시다.

　　　　언짢은 상태로 계시다가 싸움을 벌이는 일이

　　　　있어선 안 되죠. 여긴 위험합니다.

　　　　밤도 많이 깊었고요. 자, 가시지요.

트로일러스 부탁인데 잠시만 더 있어봅시다.

40　**율리시즈**　　　　　　　　　　　　아니요, 왕자님, 가십시다.

　　　　지금 흥분을 누르지 못하고 계세요, 가십시다.

트로일러스 부탁이오, 좀 더.

율리시즈　　　　　　　　인내심을 잃으셨어요. 가세요.

트로일러스 제발, 조금만 더 있어 봐요. 지옥과 지옥에서 받을 모든 고문을

　　　　걸고서 맹세하는데, 입을 닥치고 있을 테니.

디오메데스　　　　　　　　　　　　자, 안녕히.

크레시다 아니, 화난 채로 떠나시는 건가요?

트로일러스　　　　　　　　　　그게 슬퍼?

　　　　아, 말라버린 순결이여!

율리시즈　　　　　　　이러실 겁니까, 왕자님?

트로일러스　　　　　　　　　　　주피터 신이여,

　　　　참겠습니다.

크레시다   보호자님. 그리스 양반!

디오메데스 뭐라 하든지, 잘 계시오. 밀당의 선수님.

크레시다 맹세하는데, 전 그런 적 없어요. 다시 돌아봐 보세요.

율리시즈 뭐에 치를 떨고 계시는데, 왕자님? 가실까요?   50

        금방이라도 폭발하실 것 같아요.

트로일러스   저자의 볼을 쓰다듬고 있소!

율리시즈   자, 자.

트로일러스 아니, 잠시만. 주피터를 두고. 아무 말도 하지 않겠소.

        내 의지와 분노 사이에는 인내라는 초병이 있으니

        걱정 마시오. 조금만 더 있어요.

서사이테스 빌어먹을 악마가 살찐 궁둥이와 간질거리는 손가락을 가지고

        저자들을 꼬드기고 있구나. 타올라라, 염병, 타올라라!

디오메데스 이젠 하실 건가요?

크레시다 맹세코, 네. 아니면 더 이상 절 믿지 마세요.

디오메데스 그러면 보장할 만한 징표를 하나 주시오.

크레시다 하나 가져올게요.   60

퇴장.

율리시즈 참겠다고 한 약속 잊지 마세요.

트로일러스   걱정 마시오, 장군.

        나 자신도 잊었고,

        내 감정도 잊었으니. 난 아주 멀쩡하오.

크레시다 등장.

서사이테스 거래가 성사되는구나, 자, 바로, 지금이다!

크레시다 자, 여기요. 잘 간직하세요.

디오메데스에게 트로일러스의 소매를 건넨다.

트로일러스 아, 여자여! 너에겐 정절이란 게 있느냐?

율리시즈 　　　　　　　　　　　　　　왕자님!

트로일러스 참는다고, 그렇게 보이지 않소?

크레시다 소매를 보고 계시죠? 잘 살펴보세요.

　　　　그분이 절 사랑하셨죠. 아 부정한 계집! 다시 돌려주세요.

다시 소매를 빼앗는다.

70 **디오메데스** 그건 누구 것이오?

크레시다 상관마세요, 이젠 다시 가져왔으니.

　　　　내일 밤 당신을 만나는 일은 없을 거예요.

　　　　부탁인데, 디오메데스 절 다신 찾지 마세요.

서사이테스 날카롭게 쏘아붙이는군, 제대로 날카로워!

디오메데스 내가 갖겠소.

크레시다 　　　　　　뭘요, 이거요?

디오메데스 　　　　　　　　　바로 그거.

크레시다 아, 신들이시여! 나의 소중한 징표야!

　　　　네 주인은 지금쯤 침상에서 너와 나의 생각을 하며,

한숨짓겠지. 내가 지금 네게 하듯, 내 장갑을 들고
추억의 입맞춤을 하고 있을 거야.

트로일러스의 소매에 입을 맞춘다. 디오메데스 그 소매를 낚아챈다.

아니, 그걸 내게서 빼앗지 마세요. 80
그걸 빼앗아 가면 내 마음도 빼앗는 것이니까요.

디오메데스 이미 당신 마음을 가졌으니, 그게 따라와야지.

트로일러스 참겠다 맹세했다.

크레시다 그럴 순 없어요, 디오메데스. 그러진 못해요.
대신 다른 걸 드릴게요.

디오메데스 난 이걸 원하오. 누구의 것이었지?

크레시다 상관하지 마세요.

디오메데스 말해보시오, 누구의 것이었는지.

크레시다 당신이 사랑하는 것보다 훨씬 더 날 사랑해주었던 분 것이에요.
그런데 당신이 그걸 가져갔으니, 그냥 가져가세요.

디오메데스 누구냐니까?

크레시다 달의 여신 다이애나와 그녀의 시녀인 저 하늘의 별들을 두고 90
맹세하지만, 절대로 말하지 않겠어요.

디오메데스 내일 이 소매를 내 투구 위에 달고 나가겠소.
감히 이걸 되찾겠다고 도전도 못하는 그놈의 속을 뒤집어 놓을
테니.

트로일러스 네가 악마이든 그걸 투구 위에 달고 나오든,
내가 널 가만두지 않겠다.

크레시다 자, 자, 이젠 끝이에요. 지난 일. 아니 그렇지 않군요.

전 약속을 지키지 않겠어요.

디오메데스   그러시든지, 잘 계시오.

더 이상 날 조롱하지는 못할 것이오.

크레시다 가지 마세요. 무슨 말만 하려면,

곧장 떠나려고 하시니.

100 **디오메데스**   난 이런 식의 장난을 좋아하지 않소.

서사이테스 아니지, 난 그래. 맹세코. 네놈이 제일 싫어하는 게

내가 제일 좋아하는 것이니까.

디오메데스   그럼 널 오라는 거요? 몇 시에?

크레시다 네, 오세요. 아, 주피터님! 오세요. 이게 무슨 신세인가.

디오메데스 그럼 안녕히 계시오.

크레시다   안녕히 가세요. 꼭 오세요.

디오메데스 퇴장.

트로일러스, 안녕히! 내 한쪽 눈은 당신을 보고 있는데,

제 가슴과 다른 한쪽 눈은 다른 사람을 향하고 있네요.

아, 여자란 참 가엾은 존재군요. 여자들의 약점은 저도 알아요.

눈이 잘못 인도하는 곳으로 마음도 잘못 간다는 것을요.

길에서 벗어나면 길을 잃는 것은 당연한 법.

110   마음이 눈에 지배를 받으면 타락하는 법.

퇴장.

서사이테스 이보다 더 확실한 증거는 보여주지 못하겠지.

"내 마음이 창녀로 변했어요."라고 자백한다면 모르지만.

율리시즈 끝났군요. 왕자님.

트로일러스   그렇소.

율리시즈   그럼 여기 이러고 있을 필요가 없잖습니까?

트로일러스 내가 들은 말 한 마디 한 마디를 내 영혼에

분명하게 기록하기 위해서요.

내가 저들이 한 짓을 고발한다 하더라도

누가 내 말이 거짓말이 아니라 믿겠소?

게다가 아직 내 가슴 속에 믿음이 있소이다.

지독하게 고집 센 희망이란 게 있어

마치 눈과 귀라는 기관은 사람을 중상하려   120

기만하는 기능을 갖도록 만들어진 것이니

믿지 말라 하는군요.

과연 내가 여기서 본 게 크레시다가 맞는 것이오?

율리시즈   전 마술을 부리지 않습니다.

트로일러스 그녀는 여기 없었어요.

율리시즈   분명 있었습니다.

트로일러스 아니, 내가 이것을 부정한다고 미친 것은 아니잖소.

율리시즈 저도 마찬가지입니다, 왕자님. 크레시다는 여기 있었습니다.

방금까지요.

트로일러스 여성 전체를 위해서라도 누구도 이걸 믿지 맙시다!

우리에겐 어머니가 있잖아요. 특별한 근거도 없이 여성들을

할난하고, 크레시다를 잣대로 모든 여자들을 부정한 대상으로

130 말하는 비평가들에게 여성을 비난할 좋은 구실을 줄 필요는

없잖소. 차라리 크레시다가 아니었다고 해둡시다.

율리시즈   왕자님, 대체 크레시다가 우리 어머니들을 욕되게 할 무슨 일
을 했습니까?

트로일러스   그녀가 여기 있었던 게 아니면, 아무 것도 잘못한 게 없소.

서사이테스   제 눈으로 보고도 아니라고 말해?

트로일러스   그녀인가? 아니다. 그녀는 디오메데스의 크레시다다.

미녀에게 영혼이 있다면, 그녀는 크레시다일 수 없다.

영혼이 혼인서약을 지키고 그 서약이 신성한 것이라면,

그 신성함은 신들의 기쁨이고,

부부는 완전히 한 몸이라면,

140 그건 분명 크레시다가 아니다. 무슨 미친 소리인가.

한편으론 맞다하고 다른 한편으로 아니라고 하니!

완전한 모순이구나. 이성이 자기를 파괴하지 않고

스스로를 부정하고, 비이성은 모순 없이도 스스로를

이성적으로 보이게 하다니. 크레시다이기도 하고 아니기도 하다.

내 영혼 속에 이상한 형태의 싸움이

벌어지고 있구나. 도저히 분리될 수 없는

하늘과 땅 사이보다 갈라져버렸어.

이처럼 나뉘어 넓게 벌어진 공간은 그 사이로

끊어진 거미줄 한 올이 들어갈

150 작은 틈도 없구나.

증거가, 지옥의 문만큼이나 확실한 증거가 있는데.
하늘에 맹세해 부부의 연을 맺었기에 크레시다가 내 여자란
증거는 하늘만큼이나 확실한데!
하늘이 맺어준 연이 내팽개쳐졌어, 끝났어, 흩어져버렸어.
그리고는 풀리지 않게 깍지를 걸어 만든 또 다른 매듭으로
신뢰의 파편조각들, 먹다 남은 사랑의 찌꺼기,
끝장난 정조의 더러운 부스러기와 조각들을 담아
디오메데스에게 주고 있잖아.

율리시즈 어찌 훌륭하신 왕자께서 그렇게 감정에 휩싸여서
격한 말씀을 하십니까? 160

트로일러스 맞소. 내 앞으론 군신 마르스가 비너스 때문에
가슴이 붉게 불타오른 것처럼 내 감정이 이끄는
대로 행동할 것이오. 어느 젊은이도 나만큼
지고지순한 사랑을 한 이는 없소.
들어보시오, 장군. 내가 크레시다를 사랑한 만큼
그녀가 택한 디오메데스에 대한 증오는 강력하오.
저자가 제 투구에 달겠다고 한 저 소매가 내 것이오.
비록 그 투구가 대장장이의 신 벌컨의 기술로 만들었더라도
내 칼로 박살을 낼 것이오. 선원들이 일컫는 허리케인이란
소용돌이가 강력한 태양의 압력에 170
하늘 높게 용솟음 쳤다가 바다를 내리칠 때
바다의 신 넵튠의 귀에 들릴 소리보다
디오메데스 머리통을 찍어 내릴 때 내 칼이

내는 소리가 더 아찔할 것이오.

서사이테스 뺏긴 애인 때문에 복수로 간지럼이나 태우겠다.

트로일러스 아, 크레시다. 배신자 크레시다! 배신자, 배신자, 배신자!

세상의 모든 거짓된 것들을 네 부정한 이름 옆에 세우면,

전부 영광스럽게 보일거야.

율리시즈   제발, 진정하세요.

그리 흥분하시면 이목을 끕니다.

아에네아스 등장.

180 **아에네아스** 왕자님, 한 시간 동안이나 찾아다녔지 않습니까.

이 시각 헥토르 왕자님께서 트로이에서 출정 준비를 하고 계십니다.

호위를 맡은 에이잭스가 왕자님을 모셔가려 기다리고 있습니다.

트로일러스 같이 갑시다, 아에네아스. 안녕히 계시오, 장군.

잘 있어라, 부정한 순결아. 그리고 디오메데스 너도.

똑바로 버티고 서라. 날 막으려면 머리에 성이라도 쌓아 둬야 할

것이다.

율리시즈 제가 성문까지 모셔다 드리지요.

트로일러스 내 마음이 복잡하나 호의에는 감사하오.

트로일러스, 아에네아스 그리고 율리시즈 퇴장.

서사이테스 내 디오메데스란 악당 놈과 한 판 붙으면 좋으련만! 까마귀처럼

울어대며, 재앙의 소식이나 알려줄 수 있으면 좋겠다.

내가 이 매춘부 같은 여자에 관한 소식을 전해주면

파트로클러스는 뭐든 대가로 줄 게 아닌가. 190

앵무새가 아몬드를 좋아하듯 그놈은 음탕한 여자에 환장하잖아.

호색한 같으니! 여긴 전쟁과 색욕뿐이다!

다른 것은 눈에 보이지도 않는다. 악마야 저놈들 모두를 불타는

지옥에나 데려가라!

3장

트로이 궁정

헥토르와 안드로마케 등장.

안드로마케 주군의 태도가 매정하게 변하시면서,

어째서 이젠 제 충고에 귀를 기울지 않으십니까?

갑옷을 벗어 놓으세요, 어서요. 오늘 출전은 안 되어요.

헥토르 날 화나게 할 참이시오. 안으로 들어가시오.

변함없으신 신들을 두고 맹세하건대, 난 출전하오!

안드로마케 제 꿈이 오늘 분명히 불길한 일이 일어날 것이라고 말해요.

헥토르 그만하시오, 내 다시 말하는데.

카산드라 등장.

카산드라   헥토르 오라버니는 어디 계세요?

안드로마케 여기요, 아가씨. 갑옷을 차려입고서 물러서지

않을 기세에요. 나랑 함께 큰 소리로 간절히 애원해주세요.

무릎을 꿇고 사정을 해봐요. 지난밤 꿈속엔

피가 가득한 난리가 났어요.

밤새 사람들이 죽어나가는 모습만 봤다니까요.

카산드라 그건 사실이에요.

헥토르   거기! 내 출전 나팔을 울려라!

카산드라 출전을 명하지 마세요. 제발 오라버니!

헥토르 비키거라. 난 이미 신들께 맹세하지 않았더냐.

카산드라 신들은 분노에 찼거나 어리석은 맹세는 듣지 않아요.

          희생 제물로 병든 동물을 드리는 것보다도 더

          신들께서 미워하시는 부정한 맹세니까요.

안드로마케 제발 마음을 바꾸세요. 맹세에 집착해 위험을 감수하는 것만이

          명예라고 생각하지 마세요. 그건 자선을 베풀기 위해서   20

          강도짓이랑 난폭한 도둑질로 남의 물건을 뺏는 것을

          합법적이라 말하는 것과 같은 얘기잖아요.

카산드라 맹세를 위한 목적이 그것을 신성하게 만들긴 하죠.

          그러나 모든 목적이 맹세를 다 신성하게 만들진 않아요.

          갑옷을 벗어 놓으세요. 오라버니.

헥토르   명하는데 가만히 있어라.

          내겐 명예가 목숨보다 소중하다.

          모든 사람이 목숨을 소중히 여긴다. 허나 진정한 사내는

          명예를 목숨보다 훨씬 더 소중히 여기는 법이다.

                  트로일러스 등장.

          어쩐 일이냐, 동생! 오늘 싸움에 나가지 않은 게냐?

안드로마케 카산드라, 아버님을 모셔 와서 설득해 보세요.   30

                  카산드라 퇴장.

헥토르 아니다, 트로일러스. 어린 넌 갑옷을 벗어둬라.

　　　　난 오늘 기사도 정신으로 충전해 있단다.

　　　　넌 근육의 마디마디가 훨씬 더 강해질 때까지

　　　　전쟁의 위험을 감수하려 하진 마라.

　　　　갑옷을 내려놓고, 가거라. 걱정하지 말고, 아우야.

　　　　오늘 난 너와 내 자신, 그리고 조국 트로이를 위해 싸울 것이다.

트로일러스 형님, 형님에게 인정이란 약점이 있어요.

　　　　그런 건 사자에게나 어울리지 사람에겐 맞지 않죠.

헥토르 왜 약점이라는 것이냐? 트로일러스야. 분명히 설명해 보거라.

40　**트로일러스** 형님은 싸움에 지친 그리스 병사들이

　　　　형님의 그 날카로운 칼 앞에 쓰러졌을 때마다

　　　　그들을 일으켜 세워놓고는 살려준 적이 많잖아요.

헥토르 그건 정당한 처사가 아니냐!

트로일러스　　　　　　　그건 바보 같은 처사라고요, 형님.

헥토르 어째서냐. 어째서!

트로일러스　　　　　모든 신들의 자비를 생각해서라도,

　　　　은둔자의 동정심은 어머니에게나 맡기세요.

　　　　우리가 일단 갑옷으로 무장하면,

　　　　독기에 찬 복수심을 우리 칼에 싣고

　　　　거침없이 잔인함을 보여주어야죠, 자비심 같은 것은 감추고요.

헥토르 그만, 야만적인 생각이다!

트로일러스 형님, 이건 전쟁이에요.

50　**헥토르** 트로일러스, 난 오늘 너의 출전을 원치 않는다.

트로일러스 누가 저를 막을 수 있겠어요?

운명도, 복종도, 불타는 지휘봉을 휘두르며 뒤로 물러서라

명령하는 군신 마르스의 손도 날 막진 못해요.

프라이엄 부왕과 어머니 헤큐바께서 무릎을 꿇고

호소의 눈물을 쏟아내는 눈으로 애원하셔도,

형님이 그 칼을 빼들고

내 앞을 막아선다 해도, 날 막지 못해요.

죽음만이 날 막을 수 있다고요.

프라이엄과 카산드라 등장.

카산드라 오라버니를 꼭 붙드세요, 아버지. 꼭 붙드세요.

오라버니는 아버지의 지팡이인데, 잃어버리시면 ⁶⁰

오라버니를 의지하는 아버지도, 아버지를 의지하는 트로이도

모두 쓰러지고 말아요.

프라이엄　　　　　　　자, 헥토르야, 돌아가자, 그만.

네 처가 꿈을 꿨다 하잖니. 네 어미도 환영을 보았고.

카산드라도 예언을 하고 있다. 그리고 나도

계시를 받은 예언자가 되어

네게 오늘은 매우 불길한 날이라고 말한다.

그러니, 돌아가자.

헥토르　　　　　　아에네아스가 이미 전장에 나가 있고,

저도 많은 그리스군 장수들에게 참가를 약속했습니다.

제 용기를 두고 오늘 아침에 그들 앞에

분명히 나선다고요.

70 **프라이엄**   안다. 그래도 가서는 안 된다.

헥토르 약속을 깰 순 없습니다.

부왕께서는 제 충심을 알지 않으십니까. 그러니 보내주십시오.

왕명을 거역하는 자가 되긴 싫습니다. 허락해 주십시오.

지금 하지 말라 하시는 그것을 허락한다 말씀해주십시오. 부왕이
시여.

카산드라 아버지, 허락하시면 안 돼요.

안드로마케   안 돼요, 아버님.

헥토르 안드로마케, 당신에게 화가 많이 났소.

날 사랑한다면, 안으로 들어가 있으시오.

안드로마케 퇴장.

트로일러스 이 어리석고, 꿈이나 미신이나 믿는 여동생이

모든 것을 망쳐 놓는구나.

80 **카산드라**   잘 가세요, 오라버니!

저것 보세요, 오라버니가 눈빛을 잃어가며 죽어가는 모습을.

저것 보세요, 온 몸의 상처에서 피가 솟아나는 모습을.

트로이가 울부짖는 소리를, 어머니가 통곡하는 소리를,

불쌍한 안드로마케가 내는 슬픔의 절규를 들어보세요!

보세요. 광기, 격분, 경악이

정신 나간 광대처럼 서로 부딪치며

질러대는 외침을요. "헥토르! 헥토르가 죽었다! 아 헥토르!"

트로일러스 꺼져, 꺼져 버리라고!

카산드라 잘 가요. 그래도 잠시만. 전 떠나요.

오라버니는 자신과 모든 트로이인을 속이고 있어요. ⁹⁰

퇴장.

헥토르 아버지께서 카산드라의 격분에 많이 놀라셨군요.

안으로 들어가셔서 백성들을 격려해 주세요. 전 나가 싸우겠습니다.

칭송을 받을만한 전공을 세우고 그 이야기를 오늘밤 해드리겠습

니다.

프라이엄 잘 가거라. 신들께서 네 안전을 지켜주실 게다!

프라이엄과 헥토르 각자 퇴장. 경고 나팔 소리.

트로일러스 들어봐, 결투가 시작된 거야. 오만한 디오메데스.

내 팔이 잘리던지 아니면 내 소매를 반드시 되찾아 올 테다.

판다러스 등장.

판다러스 듣고 계세요, 왕자님? 듣고 계세요?

트로일러스 뭘 말이야?

판다러스 우리 가련한 조카아이에게서 편지가 왔습니다.

트로일러스 뭐라 쓰여 있는지 보자. ¹⁰⁰

판다러스 (방백) 이 빌어먹을 기침. 우리 불쌍한 조카의 처지랑,

이 빌어 처먹을 기침 때문에 못 살겠네.

한 고생을 넘으니 또 다른 게 오는구나.

저도 언젠가는 왕자님을 떠나겠죠. 제 눈에 눈물이 납니다.

제 몸 속의 뼈마디도 쑤시고요. 저주를 받았다면

어찌 이럴 수 있겠습니까? 그 애가 뭐라 썼습니까?

거기에.

트로일러스 편지를 읽는다.

트로일러스 말, 말, 그저 말뿐이군. 가슴 속 진심은 하나도 없어.

날 어떻게 속여 보려 하지만 난 안 넘어가.

편지를 찢는다.

가라, 바람과 함께. 거기서 네 맘대로 뒤섞여라.

110 내 사랑은 거짓 고백과 말만 보내고,

그러면서 재미는 딴 놈이랑 보는구나.

따로따로 퇴장.

4장

그리스군과 트로이군이 대치하고 있는 전장

나팔 소리, 출정, 서사이테스 등장.

서사이테스 이제 서로 치고받는구나.

내 가서 봐야겠다. 저 끔찍하게 기만적인 불한당인
디오메데스가 지랑 똑같이 졸렬하고 철부지인 트로인
애송이의 소매를 투구에 달고 나섰군. 놈들이 싸우는 꼴을
보고 싶단 말이야. 매춘부에 홀딱 빠진 저 트로인 애송이
녀석에게 얻어맞아 소매를 뺏긴 발정 난 그리스 놈이
곱상하게 꾸민 창녀에게 쫓겨 가는 꼴을 보고 싶단 거지.
또 한편으로는 늙은 쥐새끼가 먹다 남긴 말라비틀어진
치즈 조각 같은 네스터랑 교활한 여우 같은 율리시즈,
저 사기꾼 놈들의 술책이 블랙베리 한 개의 값어치도 안 되는 꼴을   10
보고 싶거든. 저놈들이 계략이라고 한답시고
똥개 새끼 같은 에이잭스와 똑같은 똥개 아킬레스랑 한판 붙으려
　하잖아.
에이잭스란 이름의 똥개가 지금은 아킬레스란 똥개보단 더 오만
　방자해서
오늘은 무장을 안 한다잖아. 그 때문에 그리스 놈들이 인정사정

보지 않고

그냥 쳐들어간다고 하니, 모든 계획이 수포로 돌아가게 생겼어.

가만, 소매를 단 놈이랑 그놈 상대가 오는군.

디오메데스 등장, 그의 뒤를 쫓아 트로일러스 등장.

트로일러스 도망치지 마라, 네놈이 지옥의 강으로 도망치더라도,

헤엄쳐서라도 쫓아갈 테니.

디오메데스   네놈은 전술적 후퇴란 것도 모르냐?

도망치는 게 아니라 적의 수가 더 많으니

좀 더 나은 이점을 위해 뒤로 물러나는 것이다.

20   이제 덤벼라!

서사이테스 네 매춘부나 잘 지켜라, 그리스 놈아. 트로이 놈아 너도 네

창녀나

잘 지키고. 이젠 저 소매! 저 소매 차례다!

헥토르 등장.

헥토르 그리스인, 넌 누구냐? 나 헥토르와 상대할 자인가?

어떤 혈통과 명성을 지녔나?

서사이테스 아니요, 아닙니다. 전 그저 그냥 몹쓸 놈입니다. 하찮은 불한당,

지저분한 악당입죠.

헥토르 널 믿는다. 살려주니 가라.

퇴장.

서사이테스 하느님 감사합니다. 믿어주시다니. 허나

날 놀라게 했으니 모가지나 확 부러져 버려라. 그나저나   30

욕정에 사로잡힌 악당 녀석들은 어찌되었나? 서로서로

잡아 삼키셨나? 그런 기적이 일어났다면 크게 웃어줄 텐데.

결국 욕정에 빠진 놈은 제 자신을 망치는 법이거든. 놈들이나 찾

   아보자.

퇴장.

5장

디오메데스와 하인 등장.

디오메데스 너는 가서 트로일러스의 말을 끌고 와라.

그 잘생긴 말을 크레시다 아가씨에 선물로 줘야겠다.

그리고 내가 그녀의 미모에 대해 바치는 찬미라 전해라.

그녀의 뒤꽁무니를 좇는 그리스 놈을 혼쭐을 내주었으니,

내가 그녀의 기사라는 사실도 말씀드리고.

하인 　　　　　　　　　　　　　　　네, 주인님.

　　　　　　　　　　　　퇴장.

아가멤논 재정비하라, 재정비. 포악한 폴리다마스가

우리 메논을 쓰러뜨렸다. 사생아 마가멜론이

우리 도레우스를 포로로 잡았구나.

그리고선 저놈이 우리 제왕들의 손상된

10　시신 위에 거인처럼 올라서서는

제 창을 흔들고 있다. 폴릭시네스도 전사했다.

암피마카스와 토아스는 치명상을 입었다.

파트로클러스는 포로가 되었거나 죽었을지도 모른다. 팔라미데스는

찢기고 멍이 들었구나. 저 무서운 새지테어리가[13]

---

13. 새지테어리(Sagittary): 활을 가진 반인반마(半人半馬)의 괴물(centaur).

아군을 공포에 몰아넣고 있다. 디오메데스,
지금 증원 병력을 보내게. 그렇지 않으면 우리 모두 전멸하네.

퇴장.
네스터와 그리스 병사들 등장.

네스터 가서, 파트로클러스의 시신을 아킬레스에게 가져가라.
달팽이처럼 미그적대는 에이잭스에게 부끄러운 줄 알고 출전하
라 전해라.

일부 퇴장.

싸움터에 헥토르가 천 명은 되어 보이는구나.
이쪽에선 그의 애마 갈라사를 타고 싸우는가 싶더니   20
저쪽에선 그를 맞설 자들도 충분치 않네. 그가 말에서
내려서면 우리 군은 해수를 내뿜는 고래 앞 작은 물고기 떼처럼
도망치거나 죽어나가지 않느냐. 그리고선 저쪽에 나타나,
우리 그리스 병사들을 다 익은 벼를 추수꾼이 낫으로 베듯
쓰러뜨리고 있단 말이야.
여기저기서 제 맘대로 치고 자르니
저자가 지닌 싸움의 기술은 원하는 것은 뭐든
이루어주듯 하지 않은가. 원하는 것도 그대로 해내고,
불가능해 보이는 것까지도 해치우니

율리시즈 여러분, 용기를 내시오, 용기를! 위대한 아킬레스가 지금
30   눈물을 흘리며 저주를 퍼붓고 복수를 다짐하며 싸울 채비를 하고
        있소.
        파트로클러스의 상처가 그의 잠자던 감정을 깨웠소.
        게다가 그 수하들이 코와 손발이 잘리고 몸이 난도질 당하고 잘
        린 것에
        헥토르를 울부짖으며 격분했소. 에이잭스도 친구를 잃고서는
        입에 거품을 뿜으며 무기를 들고 전투에 뛰쳐나가 트로일러스를
        찾고 있소이다. 그자가 글쎄 오늘 마치 신들린 사람처럼 대단한
        활약을 하여 싸움을 이끌고 또 죽을 위기를 잘 넘겼지 뭡니까.
40   힘을 들이지도 않고 그러면서도 몸을 사리지도 않으며 싸우는 게
        아군의 전투력과 상관없이 마치 행운이 오늘 그의 승리를 보장한 것
        같아 보였죠.

에이잭스 등장.

에이잭스 트로일러스, 이 겁쟁이 트로일러스!

퇴장.

디오메데스   저기다, 저기 있다!

퇴장.

네스터 자, 자, 합세합시다.

아킬레스 등장.

아킬레스   헥토르는 어디 있느냐?

나와라, 철부지만 상대하지 말고. 네놈의 얼굴을 보여라.

아킬레스를 화나게 한 게 무슨 뜻인 줄 알렸다.

헥토르. 어디 있느냐? 난 헥토르만 상대한다.

모두 퇴장.

6장

에이잭스 등장.

에이잭스 트로일러스, 겁쟁이 트로일러스, 네 얼굴을 보여라!

디오메데스 등장.

디오메데스 트로일러스, 이놈 어디 있느냐?
에이잭스   그놈을 어찌할 셈인가?
디오메데스 그놈을 혼 좀 내주려고.
에이잭스 내가 총사령관이라면, 당신에게 그놈 혼내주는 임무를 맡기련만,
어쨌든 그놈은 내 차지요. 트로일러스, 당장 나오너라. 트로일러스!

트로일러스 등장.

트로일러스 배신자, 디오메데스. 그 가증스런 얼굴을 돌려봐라. 이 배신
자야.
내 말을 빼앗아 갔으니, 대가로 네 놈 목숨을 줘야겠다.
디오메데스 하, 거기 있었더냐?
에이잭스 나 혼자 상대할 테니, 거기 서 계시오, 디오메데스.
10 **디오메데스** 그놈은 내 상이니, 그냥 보고만 있진 않겠소.
트로일러스 둘이 함께 덤벼라, 이 기만적인 그리스 놈들아. 내 한꺼번에

상대해 주마!

결투를 하며 모두 퇴장.
헥토르 등장.

헥토르 그렇지, 트로일러스! 잘 싸운다, 우리 막내!

아킬레스 등장.

아킬레스 이제야 만나게 됐군. 하, 받아라, 헥토르!

두 사람이 싸운다.

헥토르 괜찮다면 잠시 쉬자.

아킬레스 난 그런 예절바름이 싫다, 오만한 트로이인.
내가 오래 훈련을 하지 않은 것을 다행으로 여겨라.
그동안 오랜 휴식과 게으름을 부린 게 네게 덕이 되었다.
허나 곧 내가 부르는 소리를 듣게 될 게다.
그때까지는 네 행운을 빈다.

퇴장.

헥토르   잘 가거라.
네가 내 상대로 나설 것을 알았더라면,   20
좀 더 싸울 힘을 아껴둘 걸 그랬다.

트로일러스 등장.

어찌 됐느냐, 막내야?

트로일러스 에이잭스가 아에네아스를 포로로 잡았습니다. 이게 가능한
일입니까?

아니죠, 태양을 두고 맹세하건대, 아에네아스가 에이잭스에게
잡힐 순 없죠. 나도 포로로 잡히던지 아니면,
아에네아스를 구출해 오겠어요. 운명의 신이여, 내 기도를 들으
소서.

난 오늘 당신이 내 목숨을 거둔다 해도 상관하지 않습니다.

퇴장.
화려한 갑옷을 입은 그리스 장수 등장.

헥토르 거기 서라, 그리고 덤벼라, 그리스 놈아, 내게 좋은 적수가 되겠구나.

아니, 싸우지 않을 셈이냐? 난 네놈의 갑옷이 탐이 난다.

내 갑옷을 후려 쳐 달린 쇠못을 다 빼내서,

그 갑옷을 내 것으로 만들어야겠다.

그리스 장수 퇴장.

거기 서라, 이 금수 같은 놈!

그래, 도망쳐라. 내 네 가죽을 얻기 위해 사냥이나 한번 해보자.

퇴장.

7장

아킬레스가 그의 수하들과 함께 등장.

아킬레스 내 주위로 모여라, 나의 용사들아.

그리고 내 말을 잘 들어라. 내 행동을 잘 따라하고,

절대 칼을 휘두르지 마라. 호흡을 잘 조절하고,

내가 헥토르를 발견하거든

창을 들어 그놈을 포위하여 꼼짝 못하게 해라.

무기를 쓸 때는 가장 잔인한 방식으로 해야 한다.

자, 나를 따르라. 내가 하는 것을 잘 봐야 한다.

위대한 헥토르도 이제 죽어야 할 운명이다.

모두 퇴장.
메넬라우스와 패리스 싸우면서 등장하고 이어 서사이테스가 등장.

서사이테스 오쟁이 진 놈과 오쟁이 지운 놈이 서로 붙었군!

자 황소야, 공격해라! 개야, 물어라! 가라, 패리스! 밀어 붙여라, 뿔 10

둘 달린 스파르타 놈아! 공격해라, 패리스! 이거 황소가 이기는데.

그 뿔을 조심해야지!

패리스와 메넬라우스 퇴장.
마가렐론 등장.

마가렐론 이쪽을 보고 덤벼라, 이 노예 놈아.

서사이테스 뭐하는 놈이냐?

마가렐론 프라이엄 국왕의 서자이다.

서사이테스 나도 사생아지. 난 사생아에게 마음이 끌린다.
나도 사생아로 태어났고, 사생아로 교육받았고,
마음도, 용기도, 모든 게 다 잘못 태어났으니까. 곰은 같은
동족을 물지 않는 법인데, 같은 사생아끼리 이러면 되겠냐?
정신 차려라, 이런 싸움은 우리에게 가당치 않다. 창녀의 자식이
창녀 때문에 싸운다면 무서운 심판을 받을 게다. 그러니 잘 가라.
사생아 놈아.

퇴장.

마가렐론 악마에게나 잡혀 가라, 이 겁쟁이.

퇴장.

8장

헥토르 등장.

헥토르 속은 썩어 들어갔는데, 겉은 번지르르하구나.

그 멋진 갑옷 덕분에 네 놈은 목숨을 잃은 거다.

자, 오늘 할 일을 마쳤으니, 이제 좀 쉬어야겠다.

내 칼아, 좀 쉬어라. 너도 피와 죽음을 너무 많이 봤다.

헥토르가 무장을 푼다.
아킬레스와 수하들 등장.

아킬레스 봐라, 헥토르다. 해가 지려고 한다.

어둠이 하루를 끝내려 태양을 가리기 시작하고,

추악한 밤은 그의 발뒤꿈치로 서서히 기어오는구나.

헥토르, 넌 오늘 끝이다.

헥토르 난 무장도 하지 않았다. 비겁하게 굴지마라 그리스 놈아!

아킬레스 쳐라, 용사들아, 쳐라. 이자다 내가 찾던 자가.　　　　10

헥토르를 쳐서 쓰러뜨린다.

자, 트로이 성, 이젠 네 차례구나! 트로이여, 무너져라!

여기 네 심장이, 네 근육이, 네 뼈가 쓰러졌다.

용사들아, 돌격하라! 전장에 퍼지도록 소리쳐라,
"아킬레스가 무적의 헥토르를 죽였다"고.

퇴각 신호가 들린다.

들리는가. 아군의 퇴각 신호다.

수하 트로이 쪽에서도 퇴각 신호를 울립니다, 장군.

아킬레스 밤의 용이 날개를 펴 대지를 덮어
양쪽을 갈라놓는구나.
실컷 피 맛을 보게 하려 했으나 반 정도는 맛봤다.
맛있는 간식으로 만족해야겠으니. 숙소로 돌아가자.

칼집에 칼을 넣는다.

이 시신을 내 말꼬리에 매달아라!
이걸 끌고 전장을 누빌 것이다!

모두 퇴장.

9장

퇴각 신호와 고함 소리. 아가멤논과 에이잭스, 메넬라우스, 네스터,
디오메데스 그리고 나머지 일행이 북소리에 맞춰 행진하며 등장.

아가멤논 들어 보시게, 이게 무슨 소리인지?

네스터 북을 멈춰라!

병사들 (안에서) 아킬레스! 아킬레스! 헥토르가 죽었다!

아킬레스!

디오메데스 저 소리는 헥토르가 죽었다는 얘기입니다. 아킬레스 손에.

에이잭스 그게 사실이라도, 자랑할 것이 못 되오.

위대한 헥토르는 아킬레스 못지않은 훌륭한 장수였지 않소.

아가멤논 침묵하며 행진합시다. 누가 아킬레스에게 가서

내 군막에서 보자고 전하시오.

헥토르의 죽음이 신들의 도우신 것이라면,   10

저 트로이는 우리 것이고, 이 지긋지긋한 전쟁도 끝이오.

모두 퇴장.

10장

아에네아스, 패리스, 안테노 그리고 데이포버스 등장.

아에네아스 멈추시오. 우리가 아직 전장을 지배하고 있지 않소.

트로일러스 등장.

트로일러스 절대 후퇴는 안 돼요. 오늘밤 여기서 굶어 죽더라도.
헥토르가 죽었다고요.

일동   헥토르가? 하늘이여 어찌!

트로일러스 형님이 죽었어요. 형님 시신이 말꼬리에 매달려
참혹하게 이 치욕적인 전쟁터 여기저기로 끌려 다녔다고요.
신들이여, 분노를 참지 마소서! 지금 당장 분노를 쏟아 내소서!
하늘의 옥좌에 앉아 트로이를 벌하소서!
지금 당장 재앙을 내려 죽음으로 우리 고통을 잊게 하시고,
거부할 수 없는 파멸의 시간을 늦추지 마십시오.

10 **아에네아스** 왕자님, 아군의 사기를 떨어뜨리고 계십니다.

트로일러스 그런 말씀을 하시다니, 내 말을 알아듣지 못하는군요.
난 도망치거나, 죽음에 대한 공포를 얘기하는 게 아닙니다.
오히려 신이나 인간이 초래한 절박한 모든 위험을 감히
맞서자는 얘기를 하는 겁니다. 형님이 죽었어요.

누가 아버지께, 어머니께 이 비보를 전할 수 있으세요?

누구든 평생 불길한 존재라 불리고 싶은 자가 있거든

트로이로 돌아가 "헥토르가 죽었다"고 전하라 하세요.

그 말 한 마디가 아버지를 돌로 변하게 하고,

나이오비[14]가 된 부녀자들이 흘린 눈물은 시내를 이루고,

젊은이들은 차가운 석상으로 변할 것입니다.   20

그 한 마디가 트로이를 죽음의 공포로 몰아넣을 게죠. 진격해

나갑시다. 헥토르가 죽었으니 더 이상 할 말이 없습니다.

잠시만, 너희 가증스런 그리스 군막들,

여기 프리자이 평원에 거만히 고개를 쳐들고 서 있지만,

태양의 신 타이탄이 떠오르자마자

내 너희 놈들 모두를 요절을 내주겠다. 그리고 몸집만 큰 겁쟁이,

이 세상 어느 곳에도 증오심으로 가득 찬 우리 사이를 가르지 못

　　한다.

내가 죄책감으로 널 끝까지 따라다니며

너의 끔찍한 생각 속에 재빠르게 악귀를 만들어 쳐 넣어주마.

서둘러 트로이 성으로 복귀하자! 행복한 낯으로 가자.   30

복수의 희망이 우리 맘 속 슬픔을 가려 줄 것이다.

　　　　　　トロイ일러스 빼고 모두 퇴장.
　　　　　　판다러스 등장.

―――――――――――――

14. 나이오비(Niobe): 그리스 신화에서 14명의 아이들을 잃고 제우스신에 의해 돌로
　　변한 여인.

판다러스 잠시, 제 말씀 좀 들으세요, 왕자님!

트로일러스 꺼져 버려. 이 뚜쟁이! 죽을 때까지 수치와 불명예에

쫓겨 다녀라. 그리고 그 오명은 길이 남아라!

퇴장.

판다러스 내 쑤시는 뼈에 좋은 약이구나.

이놈의 세상, 이놈의 세상! 돕고자 했던 이 불쌍한 자를 멸시하다니.

배신자, 뚜쟁이들아, 아무리 정성을 들여 일을 해주어도,

돌아오는 것은 얼마나 형편없는지 보아라! 왜 우리가 하는 일은

좋아하면서

한 짓이 낳은 결과에 대해선 우리를 증오하는가? 어떤 노래가

이 심정을 잘 이야기해 줄까? 어떤 게 있나 어디보자.

뒹벌은 꿀과 침을 잃기 전까지는

행복하게 노래하네.

무기를 잃어버리면

노래도 행복도 함께 사라지네.

업주양반들 이 노래를 표구로 만들어 벽에 잘 걸어두시게.

여기 판다러스의 가게에 들락거렸던 많은 이들아,

판다러스의 몰락에 눈알이 빠지게 눈물을 쏟아라.

눈물이 나오지 않으면 신음소리라도 내게,

날 위해서라기보다 쑤시는 내 뼈마디 땜에.

창녀촌 문간을 지키는 형제자매들이여,

두 달 후엔 예서 뭔 일이 났었는지 알게 될 테니.

지금 알려줄 수도 있으나, 조금 걱정되는 게 있는데,
윈체스터의 매독에 걸린 창녀들이 성낼까봐 그래.
그때까진 치료하려 땀 빼며 애 좀 써야겠다.
그때가 되면 여러분께 내 성병을 유산으로 드리리다.

　　　퇴장.

작품설명[*]

1. 저작연대와 텍스트

셰익스피어가 극작가로서 활동하던 시기에 트로이 전쟁을 소재로 한 연극을 쓴 것은 전혀 놀라운 일이 아니다. 우리에게 알려진 그의 마지막 학력이 그래머 스쿨(grammar school: 중등학교)이기는 하지만, 이 교육 과정 속에서 셰익스피어는 기독교문화와 더불어 서양문화의 한 축인 그리스·로마문화에 흠뻑 매료되었을 것임이 분명하기 때문이다. 가장 대중적이면서도 극작가로 야심에 찼던 크리스토퍼 말로우(Christopher Marlowe)가 버질의 『아에네아드』(*The Aeneid*)가 그려낸 트로이의 멸망 이야기를 기초로 하여 『카르타르의 여왕 디도』(*Dido Queen of Cartage*)를 쓴 것처럼, 셰익스피어의 동시대 작가들은 호모(Homer)와 버질(Vergil)

---

* 본 작품 해설은 한국셰익스피어학회의 『셰익스피어 연극 사전』(2005) 중 본 작품에 대한 설명(714-20)과 O. J. Campbell과 E. G. Quinn의 *The Reader's Encyclopedia of Shakespeare* (New York: Thomas Y. Crowell Co., 1966)를 참고, 요약하여 작성하였다.

의 서사시를 토대로 그 위에 그들만의 문학적 상상력을 덧입혀나갔다. 이미 셰익스피어는 서사시 『루크리스의 능욕』(*The Rape of Lucrece*)에서 주인공 루크리스가 포위당한 트로이의 상황을 그린 그림을 보고 사색하는 대목이나, 햄릿이 비탄 속에서 헤큐바(Hecuba)의 고통을 사색하는 대목을 통해서 우리는 셰익스피어가 트로이 비극을 소재로 한 작품을 쓸 것을 예비하고 있었음을 짐작할 수 있다. 유년시절 셰익스피어가 접한 그리스와 로마의 이야기들의 영어번역서가 존재하지 않았다는 점과, 따라서 부족한 교육을 통해서도 라틴어 원문으로 쓰인 고대 시인들의 상상력을 잘 이해한 그를 후세 사람들은 "호머 이래의 가장 경이로운 천재요, 가장 뜨거운 상상력의 소유자"라 평하기도 한다.[1]

셰익스피어가 지닌 고대 시인과 버금가는 시적 상상력과 더불어 『트로일러스와 크레시다』(*Troilus and Cressida*)는 트로이 전쟁을 배경으로 무의미한 전쟁이 지속되는 와중에 피어난 신의 없는 사랑(faithless love)을 그려낸 희비극(tragi-comedy)으로 불린다. 서적출판조합(Stationers' Register)에는 1603년 2월에 출판된 것으로 기록이 남아 있는데, 집필연대는 작품의 시작과 함께 갑옷을 입고 등장하는 프롤로그(Prologue)가 1601년 공연된 벤 존슨(Ben Jonson)의 『삼류시인』(*Poetaster*)에 대한 빈정거림이란 평가와 1601년 초 모반죄로 처형된 에섹스 백작(Earl of Essex)을 상기시킨다는 이유에서, 작품은 아마도 1601년 말에 쓰인 것으

---

1. 루이스 테오발드(Lewis Thobald)가 *The Tragedy of King Richard II ... Altered from Shakespeare*에 붙인 서문에서 셰익스피어를 두고 내린 평가. 이경식, 『셰익스피어 비평사』(서울: 서울대학교출판부, 2002) 상: 438 재인용.

로 짐작된다.[2] 또한 셰익스피어 작품이 보이는 시적 리듬감을 기준으로 집필연대를 가늠할 경우에도 이 작품은『햄릿』과『십이야』보다는 후에, 『자에는 자로』와『오셀로』에 앞서 쓰였을 것으로 인정되기에 서적출판 조합에 1603년으로 등재되어 있음에도 불구하고 집필연대는 대체로 1601년 말로 보는 것이 타당하다.

이 작품은 역사극, 비극, 문제극, 희비극으로 분류하는 장르적 모호성만큼이나 텍스트에 있어서도 모호한 역사를 지니고 있다. 출판을 위한 등재가 1603년에 이루어졌지만, 현재 남아있는 출판물로 가장 오래된 것은 1609년 4절판(Quarto)이기에 그 사이 6년이란 시간적 간격이 존재한다. 1609년에 출판된 사절판은 두 개의 상반된 기록을 포함하기에 이 작품을 설명하는 데 벌어진 논란을 더욱 복잡하게 만들어 왔다. 하나는 겉표지에 셰익스피어의 극장인 글로브(Globe)에서 국왕폐하의 극단(King's Majesty's Servants)이 공연한 것으로 기록되어 있는 반면, 다른 하나는 '독자에게 쓴 서신'에서 이 작품이 결코 공연된 적이 없는 참신한 극이라는 언급과 다수의 딱딱하고 기능적인 법적 언어들의 사용된 점을 미루어 인근 법 학원(Inns of Court) 중 하나에서 개인적으로 공연하기 위해 쓰인 것이 아닌가 추측되고 있다. 따라서 이를 두고 사절판은 글

---

2. 엘리자베스 여왕 후기에 에섹스 백작은 종종 영국의 아킬레스로 불렸으며, 백작 스스로도 이와 같은 대중적 이미지를 통해 자신의 정치 세력에 대한 대중적 지지를 이끌어내려 하였다. 이 점은 에섹스 백작의 정치적 입장을 지지하는 편에 섰던 조지 채프만(George Chapman)이 그가 1598년 영어로 번역하여 출판한『호모의 일리아드 전 7권』(*Seven Books of the Iliads of Homer*)을 에섹스 백작에게 헌정한 사실에서도 엿볼 수 있다.

로브 극장에서 흥행에 실패한 작품을 재활용 시도란 설명에서부터, 책을 판매하기 위한 전략, 에섹스 백작이란 정치적 사건 이후 공연이 금지되었다는 설명 등 다양한 추측이 존재한다.[3]

　　1623년 이절판(Folio)의 목차에 등장하는 35편의 작품 제목에 포함되어 있지 않았음에도 불구하고 다른 작품들과 함께 등장하는 것도, 이 작품의 텍스트를 둘러싼 정황에 대한 여러 추측이 있다. 이절판에 사용된 텍스트는 주석이 달린 사절판의 사본을 근거로 하였으며, 이절판에 프롤로그와 몇 줄의 대사가 더 포함되었다. 이 밖에도 500여 군데의 크고 작은 수정이 가해진 부분들을 찾을 수 있는데 이는 셰익스피어 자신에 의해 이루어진 것으로 짐작된다. 이절판에 실린 비극의 세 번째 작품인 『로미오와 줄리엣』의 마지막 페이지에 바로 이어 『트로일러스와 크레시다의 비극』의 첫 페이지의 흔적이 남아 있다. 이것을 '역사극'(history)이나 '재치 있는 희극'(witty comedy)으로 소개한 사절판 출판업자들과 달리 이절판 제작자는 이 작품을 비극으로 분류한 점도 주목할 만하다. 아마도 작품의 판권을 확보하지 못해서 『아테네의 타이먼』으로 원래 자리를 대체했다가, 이절판의 완성 단계에서 작품의 판권을 획득하여 마지막 36번째 작품으로 『트로일러스와 크레시다』를 사극의 제일 마지막 작품인 『헨리8세』 뒤, 비극의 제일 첫 작품인 『코리올레이너스』 앞에 포함시키게 된 것은 이 작품이 지닌 모호성을 다시 한 번 강조하게 만든다.

---

3. 사절판 간 차이의 하나는 셰익스피어의 자필 원고를 기초로 한 것이란 주장과 원본의 가필 사본(transcript)에 의한 것이라고 설명되기도 한다.

2. 작품비평

작품이 지닌 사랑이야기(love plot)에 대한 출전은 제목에서 찾을 수 있듯이 영국시인의 아버지 제프리 초서(Geoffrey Chaucer)의 『트로일러스와 크리세이다』(*Troilus and Criseyda*)인데, 로버트 헨리슨(Robert Henryson)이 크레시다가 디오메데스의 버림을 받아 문둥병 환자가 된다는 내용으로 쓴 속편 『크레시다의 증언』(*The Testament of Cressida*)의 영향도 일부 받은 것으로 알려졌다. 이밖에도 트로이 전쟁과 다양한 그리스 신화를 소재로 하였다는 점에서 챔프만의 번역서 『호머의 일리아드 전 7권』과 오비드(Ovid)의 『변신』(*Metamorphoses*)을 참조한 것으로 보인다.

전쟁 속 사랑이야기인 이 작품은 "위계질서"(degree)에 대한 율리시즈의 발언 이외엔 별다른 주목을 받지 못했다. 전체적으로 20세기 중반까지도 스토리가 혼란스럽다는 혹평을 받아 왔다. 1679년 출판된 번안물의 서언에서 존 드라이든(John Dryden)은 작품 속 너무 많은 비유 때문에 효과적이기도 하지만 동시에 애매하다는 주장을 했으며, 자신의 번안본에서는 작중인물의 성격과 플롯을 분명히 하고 있다고 소개했다. 드라이든의 트로일러스는 크레시다가 그리스 진영으로 가는 것에 저항했고, 크레시다는 끝까지 정절을 지켰는데 그가 그녀를 오해하여 결국 크레시다가 자신의 정절을 증명하기 위하여 자살한다. 사무엘 존슨(Samuel Jonson)과 19세기 비평가들은 작품에 드러난 냉소와 노골적인 성적 표현 때문에 크레시다나 판다러스에게 아무런 동정심도 보이지 않고 이들이 모든 독자들에게 혐오스럽고 경멸스러운 인물로 평했다. 1924년에

이르러 아그네스 맥켄지(Agnes Mure Mackenzie)는 『트로일러스와 크레시다』를 더러움에 중독된 남성의 작품이라 혹평을 했고, 이 작품을 『아테네의 타이먼』을 위시한 다른 문제극(Problem Plays)들처럼 개인적인 위기에 봉착한 셰익스피어의 우울증이 반영된 작품으로 보았다.

한편 1930년대 이후부터 작품의 난해함과 지성적이고 정직한 성적 묘사 때문에 오히려 호평을 받는 모더니즘의 시대에 들어서게 되자 도덕적 해석에 기댄 비평 방식에서 벗어나 작품의 예술적 성취도에 대한 평가가 가미되기 시작했다. G. W. 나이트(G. Wilson Knight)는 작품 속 트로이인이 직관보다 섬세하고 고상한 정신적 자질을 대표하는 반면, 그리스인들은 덜 감탄할 만한 이성의 자질을 대표한다고 보았다. 그리고 이 두 개념들 간의 충돌 속에서 불확실성과 의심 속에 쌓인 불완전한 진실 추구의 이야기를 읽어냈다. S. L. 베델(S. L. Bethell)이나 우나 엘리스퍼머(Una Ellis-Fermor) 같은 학자들도 이 작품의 무대가 사고와 행동의 관계를 묻는 철학적 물음과 인간이 지닌 감정, 지성과 상상력의 실제를 시험하기 위한 실험이라고 평가하였다. 작품이 보여주는 무의미하지만 멈출 수 없는 전쟁에 대한 묘사는 베트남 전쟁과 냉전시대에 각광을 받기도 하였고, 여성주의 비평 특히 정형화된 '처녀, 과부, 또는 아내'의 역할을 넘어서 자신의 개인주의적 삶을 꾸려가는 크레시다에게 많은 관심을 보여 왔다.[4]

---

4. 윤정은, 『*Troilus and Cressida*에 나타난 사랑』, *Shakespeare Review* 18 (1991): 37-73 와 강명희, 『*Troilus and Cressida*: 여성의 이중적 죽음』, *Shakespeare Review* 31 (1997): 31-50 등이 이러한 비평 태도를 보여주는 좋은 예이다.

특히 르네상스 시대가 추구하던 이상적인 인간상을 소재로 하면서, 다른 눈에 보이지 않는 흔들리는 내면과 국가, 명예, 사랑 그리고 희생이라는 죽음의 한계를 초월하는 것으로 믿어진 신성한 가치에 대한 회의는 시대를 예리하게 꿰뚫는 셰익스피어의 놀랄만한 현대성이라 평가할 수 있다.

3. 공연사

1609년 사절판의 런던 공연에 관한 언급 이후 왕정복고 이전까지 작품이 공연되었다는 기록은 현재 남아 있는 것이 없다. 기록상으로 가장 빠른 것은 1670년 경 아일랜드 더블린의 스목 앨리(Smock Alley) 극장에서의 공연이고, 영국에서는 1679년 드라이든의 번안본, *Troilus and Cressida, or Truth Found Too Late*가 도르셋 가든(Dorset Garden)에서 공연되었다. 드라이든의 번안본에는 플롯의 통일성과 함께 그가 새로 만든 장면들, 즉 정조를 지키는 크레시다, 트로일러스와 헥토르의 언쟁과 화해, 그리고 트로일러스와 디오메데스 사이의 수사학적 대립 등이 대체로 호평을 받아 18세기까지 10회 정도 공연된 것이 기록에 남아있다.[5]

셰익스피어 원본에 입각한 작품은 1898년 독일 뮌헨에서 남성출연자들로만 공연되었고, 다른 도시로 이어지기도 하였다. 그러다가 1907

5. 드라이든의 번안본을 기초로 1709년 로버트 윌크스(Robert Wilks)가 트로일러스를, 브래드쇼 부인(Mrs. Bradshaw)이 크레시다를 맡아 드류어리 레인(Drury Lane)에서 공연을 하였고, 이후 1720, 1721년 링컨 법 학원(Lincoln's Inn) 극장에서 각각 2회, 1723년 2회, 1733년 2회, 1734년 1회가 코벤트 가든(Covent Garden)에서 공연되었다.

년에 드디어 영국에서 찰스 프라이(Charles Fry)가 서사이테스 역을 맡아 그레이트 퀸 스트리트(Great Queen Street) 극장 무대에 올렸으나 큰 주의를 끌지 못했다. 하지만 1912년 윌리엄 포엘(William Poel)의 공연 당시 24세의 젊은 여배우 이디스 에반스(Edith Evans)의 수줍으면서도 감정이 실린 대사가 주목을 끌었다. 말로우 극단(Marlowe Society)은 1922년에 케임브리지에서 이 작품을 공연했는데 전쟁에 대한 관점에서 관객석에 있던 1차 세계대전 참전용사들에게 큰 호응을 받았다. 첫 번째 전문적인 공연은 다음 해에 로버트 아트킨스(Robert Atkins)의 작품으로 올드 빅(Old Vic) 극장에서 있었지만 타임지가 "매우 지루한" 연출로 혹평한 실패한 공연이었다.

성공적인 공연은 2차 세계대전 이후에 와서야 이며, 『트로일러스와 크레시다』는 연출가들이 가장 애호하는 작품이 되었다. 1956년 타이런 구스리(Tyrone Guthrie)가 프롤로그가 등장하는 장면을 삭제하고 올드 빅 무대에 올린 작품은 그 배경을 1차 세계대전 바로 전날에 잡은 작품으로 경기병의 칼 대신에 기관총을 등장시켰다. 1985년에 줄리엣 스티븐슨(Juliet Stevenson)이 불쌍한 크레시다 역을 맡아 안톤 레서(Anton Lesser)가 연기한 트로일러스에게 오히려 배반을 당하는 로열 셰익스피어 극단(Royal Shakespeare Company) 공연도 올드 빅 공연을 계승한 작품이다. 1960년에 피터 홀(Peter Hal)과 존 바튼(John Barton)이 제작한 전설적인 스트래트포드 공연에서도 도로시 터틴(Dorothy Turtin)이 요부 형의 크레시다 역을 맡고 맥스 에이드리언(Max Adrian)이 판다러스를, 그리고 덴홀름 엘리엇(Denholm Elliott)이 트로일러스 역을 맡았다.

중요한 다른 공연으로는 아만다 루트(Amanda Root)가 크레시다를, 랄프 피에네스(Ralph Fiennes)가 정신적으로 불안정한 트로일러스를, 사이먼 러셀 비일(Simon Russell Beale)이 끔찍한 서사이테스 역을 맡은 샘 먼데 즈(Sam Mendes)의 1991년 판 로열 셰익스피어 극단 공연, 1999년 트래 버 넌(Traver Nunn)의 국립극장(National Theatre) 공연이 있다. 가장 최근 2006년 에딘버러 국제페스티벌(Edinburgh International Festival) 출품작으로 로열 셰익스피어 극단과 함께 작업한 피터 스테인(Peter Stein) 연출의 작품과 2012년 월드 셰익스피어 페스티벌의 참가작으로 아킬레스와 파트로클러스의 동료애에 주목한 우스터 극단(The Wooster Group)이 있다. 우스터 극단의 엘리자베스 르콤테(Elizabeth LeCompte) 와 로열 셰익스피어 극단의 마트 레븐힐(Mark Ravenhill)이 공동으로 연 출한 2012년『트로일러스와 크레시다』는 트로이를 아메리카의 원주민 으로, 그리스인들은 카키 군복을 입은 백인으로 그려낸 독특한 접근방식 으로 서구적인 현대성과 문제의식을 드러낸 실험적 작품으로 평가를 받 았다.

4. 영화사

2차 세계대전 이후로 이 작품이 호평을 받게 되었다는 증거로 세 편 의 텔레비전용 번안극이 만들어졌는데, 첫 번째는 1954년이었고, 두 번 째는 내셔널 유스 극장(National Youth Theatre)에서 공연된 1966년 작 품이고, 세 번째는 조나단 밀러(Jonathan Miller)가 제작했고 고전적인 의상이 등장하는 영국 텔레비전 방송(BBC TV)의 1981년 공연이다.

셰익스피어 생애 및 작품 연보

셰익스피어의 생애와 작품의 집필연대 중 일부는 비교적 정확히 기록되어 있는 자료에 의존할 수 있지만, 대부분은 막연한 자료와 기록의 부족으로 그 시기를 추정할 수밖에 없으며, 특히 작품 연보의 경우 학자들에 따라 순서나 시기에 차이가 있음을 밝힌다.

1564	잉글랜드 중부 소읍 스트랫포드 어폰 에이번Stratford-upon-Avon 출생(4월 23일). 가죽 가공과 장갑 제조업 등 상공업에 종사하면서 마을 유지가 되어 1568년에는 읍장에 해당하는 직high bailiff을 지낸 경력이 있는 존 셰익스피어와, 인근 마을의 부농 출신으로 어느 정도 재산을 상속받은 메리 아든Mary Arden 사이에서 셋째로 출생. 유복한 가정의 아들로 유년시절을 보냄.
1571	마을의 문법학교Grammar School에 입학했을 것으로 추정.
1578	문법학교를 졸업했을 것으로 추정. 졸업 무렵 부친 존은 세금도 내지 못하고 집을 담보로 40파운드 빚을 냄.
1579	부친 존이 아내가 상속받은 소유지와 집을 팔 정도로 가세가 갑자기 어려워짐.
1582	18세에 부농 집안의 딸로 8년 연상인 26세의 앤 해서웨이 Anne Hathaway와 결혼(11월 27일 결혼 허가 기록).
1583	결혼 후 6개월 만에 맏딸 수잔나Susanna 탄생(5월 26일 세례 기록).
1585	아들 햄넷Hamnet과 딸 쥬디스Judith(이란성 쌍둥이) 탄생(2월 2일 세례 기록).

1585～1592 '행방불명 기간'lost years으로 알려진 8년간의 행방에 관한 자료가 거의 없음. 학교 선생, 변호사, 군인, 혹은 선원이 되었을 것으로 다양하게 추측. 대체로 쌍둥이 출생 이후 어떤 시점(1587년)에 식구들을 두고 런던으로 상경하여 극단에 참여, 지방과 런던에서 배우이자 극작가로서 경험을 쌓았을 것으로 추측.

1590～1594 1기(습작기): 주로 사극과 희극 집필.

1590～1591 초기 희극 『베로나의 두 신사』(The Two Gentlemen of Verona) 『말괄량이 길들이기』(The Taming of the Shrew)

1591 『헨리 6세 2부』(Henry VI, Part II)(공저 가능성) 『헨리 6세 3부』(Henry VI, Part III)(공저 가능성)

1592 『헨리 6세 1부』(Henry VI, Part I)(토머스 내쉬Thomas Nashe 와 공저 추정) 『타이터스 앤드러니커스』(Titus Andronicus)(조지 필George Peele과 공동 집필/개작 추정)

1592～1593 『리처드 3세』(Richard III)

1592～1594 봄까지 흑사병 때문에 런던의 극장들이 폐쇄됨.

1593 「비너스와 아도니스」(Venus and Adonis)(시집)

1594 「루크리스의 강간」(The Rape of Lucrece)(시집) 두 시집 모두 자신이 직접 인쇄 작업을 담당했던 것으로 추정되며, 사우샘프턴 백작The third Earl of Southampton에게 헌사하는 형식. 챔벌린 극단Lord Chamberlain's Men의 배우 및 극작가, 주주로 활동.

1593～1603 및 이후 『소네트』(Sonnets)

1594	『실수연발의 희극』(*The Comedy of Errors*)
1594~1595	『사랑의 헛수고』(*Love's Labour's Lost*)
1595~1600	2기(성장기): 낭만희극, 희극, 사극, 로마극 등 다양한 장르 집필.
1595~1596	『로미오와 줄리엣』(*Romeo and Juliet*)
	『리처드 2세』(*Richard II*)
	『한여름 밤의 꿈』(*A Midsummer Night's Dream*)
	『존 왕』(*King John*)
1596	아들 햄넷 사망(11세, 8월 11일 매장).
	부친의 가족 문장 사용 신청을 주도하여 허락됨(10월 20일).
1596~1597	『베니스의 상인』(*The Merchant of Venice*)
	『헨리 4세 1부』(*Henry IV, Part I*)
	스트랫포드에 뉴 플레이스 저택Great House of New Place 구입 (마을에서 두 번째로 큰 저택으로 런던 생활 후 은퇴해서 죽을 때까지 그곳에 기거).
1598	벤 존슨Ben Jonson의 희곡 무대에 출연.
1598~1599	『헨리 4세 2부』(*Henry IV, Part II*)
	『헛소동』(*Much Ado About Nothing*)
	『헨리 5세』(*Henry V*)
1599	시어터 극장The Theatre에서 공연하던 셰익스피어의 극단이 땅 주인의 임대계약 연장을 거부하자 '극장'을 분해하여 템즈강 남쪽 뱅크사이드 구역으로 옮겨 글로브 극장The Globe을 짓고 이곳에서 공연. 지분을 투자하여 극장 공동 경영자가 됨.
1599~1600	『줄리어스 시저』(*Julius Caesar*)
	『좋으실 대로』(*As You Like It*)

1601〜1608	3기(원숙기): 주로 4대 비극작품이 집필, 공연된 인생의 절정기
1600〜1601	『햄릿』(*Hamlet*)
	『윈저의 즐거운 아낙네들』(*The Merry Wives of Windsor*)
	『십이야』(*Twelfth Night*)
1601	「불사조와 거북」(*The Phoenix and the Turtle*)(시집)
	아버지 존 사망(9월 8일 장례).
1601〜1602	『트로일러스와 크레시다』(*Troilus and Cressida*)
1603	엘리자베스 여왕 사망(3월 24일). 추밀원이 스코틀랜드의 제임스 6세를 잉글랜드의 제임스 1세로 선포.
	제임스 1세 런던 도착(5월 7일) 후 셰익스피어 극단 명칭이 챔벌린 경의 극단에서 국왕의 후원을 받는 국왕 극단King's Men으로 격상되는 영예(5월 19일).
	제임스 1세 즉위(7월 25일).
1603〜1604	『자에는 자로』(*Measure for Measure*)
	『오셀로』(*Othello*)
1605	『끝이 좋으면 다 좋다』(*All's Well That Ends Well*)
	『아테네의 타이먼』(*Timon of Athens*)(토머스 미들턴Thomas Middleton과 공동작업)
1605〜1606	『리어 왕』(*King Lear*)
1606	『맥베스』(*Macbeth*)
	『안토니와 클레오파트라』(*Antony and Cleopatra*)
1607	딸 수잔나, 성공적인 내과의사인 존 홀John Hall과 결혼(6월 5일).
1607〜1608	『페리클레스』(*Pericles*)(조지 윌킨스George Wilkins와 공동작업)
	『코리올레이너스』(*Coriolanus*)

1608~1613	제4기: 일련의 희비극 집필.
1608	셰익스피어 극장이 실내 극장인 블랙프라이어스Blackfriars 극장을 동료배우들과 함께 합자하여 임대함(8월 9일).
	어머니 메리 사망(9월 9일 장례).
1609	셰익스피어 극장이 블랙프라이어스 극장 흡수, 글로브 극장과 함께 두 개의 극장 소유.
1609~1610	『심벨린』(Cymbeline)
1610~1611	『겨울 이야기』(The Winter's Tale)
	『태풍』(The Tempest)
1611	고향 스트랫포드로 돌아가 은퇴 추정.
1613	『헨리 8세』(Henry VIII)(존 플레처John Fletcher와 공동작업설)
	『헨리 8세』 공연 도중 글로브 극장 화재로 전소됨(6월 29일).
1613~1614	『두 사촌 귀족』(The Two Noble Kinsmen)(존 플레처와 공동작업)
1614~1616	말년: 주로 고향 스트랫포드의 뉴 플레이스 저택에서 행복하고 평온한 삶 영위.
1616	둘째 딸 쥬디스, 포도주 상인 토마스 퀴니Thomas Quiney와 결혼(2월 10일).
	쥬디스의 상속분을 퀴니가 장악하지 않도록 유언장 수정(3월 25일).
	스트랫포드에서 사망(4월 23일. 성 삼위일체 교회 내에 안장).
1623	『페리클레스』를 제외한 36편의 극작품들이 글로브 극장 시절 동료 배우 존 헤밍John Heminge과 헨리 콘델Henry Condell이 편집한 전집 초판인 제1이절판으로 출판됨.
	아내 앤 해서웨이 사망(8월 6일).

옮긴이 **서동하**

버밍엄 대학교(University of Birmingham)에서 영문학 석사 과정을 마치고, 동 대학 셰익스피어 연구소(The Shakespeare Institute)에서 연구 기간을 거쳐 박사 학위를 취득하였다. 현재 육군 사관학교 영어과 부교수, 한국셰익스피어학회의 정보이사를 역임하고 있다. 「셰익스피어 극에 사용된 장례행진곡(dead march)의 역할에 대한 새로운 해석 가능성」(『셰익스피어 리뷰』, 2013), 「랄프 파인즈 속 군사적 수사의 재조명」(『고전르네상스 영문학』, 2014) 등의 논문을 집필하며 셰익스피어의 동시대적 해석에 관한 연구를 지속하고 있다.

트로일러스와 크레시다

초판 발행일 2016년 11월 30일

옮긴이 서동하
발행인 이성모
발행처 도서출판 동인
주 소 서울시 종로구 혜화로3길 5 118호
등 록 제1-1599호
TEL (02) 765-7145 / FAX (02) 765-7165
E-mail dongin60@chol.com
ISBN 978-89-5506-737-8
정 가 11,000원

※ 잘못 만들어진 책은 바꿔 드립니다.